TEMPORADA DE CAZA
PROTEGIDA POR UN CAMBIAFORMAS

KATE RUDOLPH

TRADUCIDO POR
ELIZABETH GARAY

TEMPORADA DE CAZA

ACERCA DE TEMPORADA DE CAZA

Hombre Lobo. Guardaespaldas. Pareja.

Owen tiene un trabajo: evitar que Stasia sea secuestrada. Esto es más fácil de decir que de hacer cuando su ferozmente independiente clienta intenta despedirlo desde el momento en que se conocen. Sus sentidos de hombre lobo aúllan a la vida y está seguro de algo: Stasia es suya.

Ella está harta de los hombres autoritarios.

Cuando su adinerado padre contrata a un guardaespaldas, Stasia se niega. No resultó exactamente un movimiento inteligente después de que alguien intentara atraparla en la calle. Pero ella no necesita una niñera. Especialmente no alguien que hace que su corazón lata y que sus fantasías se vuelvan salvajes.

Cuando Stasia es sacada de su reluciente mundo

hacia el de Owen, tendrá que lidiar con una imposible nueva realidad: los hombres lobo existen. Y su guardaespaldas dice que es su pareja.

1

CAPÍTULO UNO

Stasia quería maldecir la potencia de la señal de su celular. No había hablado con su padre en casi un año y ahora él no dejaba de hablar. ¿Dónde estaban las llamadas interrumpidas cuando uno las necesitaba?

«¿Estás ahí?», preguntó por segunda vez.

Miró hacia la entrada cercana al metro y contempló bajar corriendo las escaleras. Dudaba que incluso eso la salvara. «Aquí estoy», le confirmó.

«Entonces contesta cuando se te hable».

No podía hablar en serio. «Me pediste que fuera a la fiesta de cumpleaños de Riley». Tuvo que repetirlo para asegurarse de entenderlo. «Esa sería tu esposa. Que es diez años más joven que yo». Había llegado al punto en que ya no la irritaba. Su última esposa sólo había sido seis años mayor que ella. Y luego había habido otras cuatro. De las que, hasta ahora, ya había olvidado la mayoría de sus nombres.

«No es el cumpleaños de Riley, es el de Emmy.

Cumple tres años». Escuchó un sonido de fondo y se preguntó qué trabajo estaba ignorando su padre por esta tonta invitación.

«Estoy bastante segura de que la hija de Riley cumple cuatro años». Y no iba a entrar en la discusión del nombre. Quería terminar esta llamada, no comenzar una pelea.

Si tan sólo siguiera trabajando en el hospital. Este sería el momento perfecto para una llamada de emergencia.

«Emmy es tu hermana». Armand Selby era muy estricto con los hechos... cuando le convenía. Y Emmy era la media hermana de Stasia. Una de sus *nueve* hermanastros.

Pero eso no significaba que quisiera dejarlo todo para asistir al cumpleaños de una niña pequeña. «Tendré que revisar mi horario. No sé si estaré en la ciudad». Sabía que era un error volver a mudarse a Nueva York. Estaba demasiado cerca de las obligaciones familiares que prefería ignorarlas.

«Sabes que puedes hacer arreglos para usar el jet si el transporte es un problema». Murmuró algo, y Stasia estuvo bastante segura de que estaba a punto de ser enviada su llamada a un asistente para que arreglara los planes. Los asistentes no eran tan fáciles de distraer como su padre. Pero al menos no se sentía en conflicto por mentirles.

«El transporte no es el problema». No usaría el jet familiar. Ni un auto de la flota de coches familiares. O cualquier cosa que viniera de la grotesca riqueza de su familia si podía ignorarlo. Tenía una herencia que ya odiaba tocar, pero al menos *eso* no venía con condiciones.

Las bocinas resonaron por la calle y Stasia apenas las notó. El sonido de las bocinas era solo una parte de la vida cotidiana. Pero el sonido llegó a ella como en una ola, como si le advirtiera de algún destino inminente. Miró calle abajo, preguntándose si era una ambulancia o un conductor errático. Otro peatón chocó contra su hombro y maldijo.

Stasia no se disculpó. Esto era Nueva York.

Pero debería haber seguido caminando.

No vio que se detuviera un coche, pero una mano la sujetó del brazo y empezó a tirar de ella hacia la carretera. Dejó caer su teléfono mientras gritaba y se dio la vuelta, lista para golpear a quien la estuviera maltratando. Su corazón saltó a su garganta cuando vio una bufanda alrededor de la cara del hombre y gafas de sol oscuras tapándole sus ojos. Un mechón de cabello oscuro sobresalía de su gorra de béisbol azul marino, pero ella no podría haberlo descrito para salvar su vida.

Tampoco ninguno de los miles de testigos que los rodeaban.

Estaban a punto de ver secuestrar a una mujer a plena luz del día.

Como el infierno.

Pero Stasia no podía ser engañada. Retrocedió, apuntando a su garganta con la punta huesuda de su codo. Se movió lo suficientemente rápido como para escapar de su agarre, pero él retrocedió y su golpe no conectó.

«¡Auxilio! ¡Llamen a la policía!», Stasia gritó cuando

el hombre volvió a agarrarla. Usó su mejor voz de urgencias, la que había aprendido de las enfermeras veteranas que podían hacer que cualquiera siguiera una orden. Y no entró en pánico. Eso hacía que mataran a una persona.

El hombre la agarró bien y comenzó a tirar de ella hacia un automóvil oscuro con vidrios polarizados que había aparecido al costado de la carretera. Distantemente, se preguntó si ese era el que había causado que todos los autos tocaran la bocina, pero no estaba dispuesta a ocupar el momento para analizarlo.

Se quedó inerte, como peso muerto contra el hombre, negándose a participar en su secuestro. Eso no era algo que había aprendido en una sala de emergencias, sino algo que uno de sus guardaespaldas le había indicado que hiciera cuando era niña.

Stasia miró a su alrededor, tratando de hacerse una mejor idea de lo que estaba sucediendo, quién lo presenciaba y quién intentaba secuestrarla. Una mujer rubia se quedó con los ojos muy abiertos con su teléfono grabando un video de todo el asunto.

El vídeo no le haría mucho bien a Stasia si la metían en el maletero de un coche.

«Tú», no pudo señalar, pero hizo contacto visual con la mujer, «¡Llama a la policía! ¡Ahora!». Eso fue lo último que pudo decir antes de que su secuestrador le tapara la boca con una mano.

Stasia trató de morderle la palma de la mano, pero no podía hacer suficiente palanca. Volvió a quedar flácida e hizo una mueca cuando su tobillo se torció contra el duro concreto, pero obligó a su captor a tropezar.

«¡Suéltala!», gritó un hombre con una camiseta de los Knicks, abriéndose paso a empujones. Stasia logró volver a mirar a su alrededor y vio que habían atraído a otra multitud, algo que no era demasiado difícil de hacer en una concurrida calle de Nueva York.

Entonces, ¿por qué alguien la estaba secuestrando aquí?

Se preocuparía de eso más tarde.

«¡Déjala ir!» Una mujer joven con cabello violeta brillante que vestía una chaqueta de mezclilla rota se unió a la refriega. Sólo tomó un minuto para que la escena se convirtiera en una contienda, y Stasia fue apartada del hombre. Tres o cuatro personas rodearon a su posible captor, pero este empujó con el hombro al tipo que llevaba la camiseta y retrocedió hasta que estuvo cerca del auto. Se abrió una puerta y se lanzó al interior mientras el auto se alejaba.

«¿Estás bien?», preguntó la mujer de cabello morado. Se agachó y le tendió el teléfono a Stasia. «¿Este es tuyo?».

A Stasia le empezaron a temblar los brazos y le castañeteaban los dientes. Estaba en shock. Lo sabía, pero eso no hizo nada para que desapareciera cuando estaba en medio de todo. «Estoy bien», logró decir con labios temblorosos.

«No te ves bien. ¿Qué quería ese tipo contigo? Nunca antes había visto algo así». La chica se estremeció.

Stasia se rió. Sabía que no era la reacción correcta,

sólo otro caso de neuronas fallando debido al trauma. Pero reír era mejor que llorar. «Yo sí». Y sabía exactamente lo que ese tipo quería de ella.

Pedir rescate.

El dinero de su padre.

Siempre se reducía a eso.

A pesar de todo el privilegio que conlleva la riqueza, no siempre era seguro ser la hija de un multimillonario.

Miró su teléfono y se sorprendió al ver que la pantalla no estaba rota. Eso realmente había sido un milagro. Había una docena de notificaciones de su padre, exigiendo saber qué estaba pasando. Stasia estuvo tentada de dejarlo colgado. Pero alguien en la multitud que la rodeaba seguramente publicaría un video del evento en las redes sociales y sería mejor que la noticia llegara por ella. Abrió su aplicación de mensajes de texto. No creía que en este momento pudiera manejar una conversación con Armand Selby.

Intento de secuestro. La multitud luchó contra el atacante. Seguramente habrá un video en las redes sociales. Debo hablar con la policía en breve. Se comunicarán contigo para el control de daños.

Listo. Eso lo cubría. Y sus dedos ya apenas temblaban. Un momento después, su teléfono sonó con la respuesta.

Enviándote un abogado. Permanece callada hasta que te diga qué hacer.

Ella no envió ninguna respuesta. No necesitaba hacerlo. Otra hija podría haberse irritado por el hecho de que su padre no le había preguntado si se encontraba bien. Otra mujer podría haber estado molesta porque su padre le ordenara que esperara a un abogado como si fuera una niña. Pero hacía mucho tiempo había aprendido que no tenía sentido enojarse.

La mujer de cabello púrpura puso una mano en el hombro de Stasia y ella se estremeció.

«Lo siento», dijo la mujer. «Soy Vi. Veo que un par de policías vienen hacia acá. ¿Quieres que los distraiga?».

Stasia miró más de cerca a Vi. Era joven, probablemente cuando mucho, unos veinticinco años, pero había una dureza en sus ojos de la que proviene al ser lastimada por personas en las que confías. Y aquí estaba ella tratando de ayudar a una extraña. Emitía un aura lo suficientemente imponente como para que la mayoría de la multitud se mantuviera alejada de ellas dos. Si Stasia estuviera un poco más cansada, pensaría que Vi estaba involucrada en el ataque. Pero sus instintos le decían que confiara en la chica. «No es necesario. Vienen mis refuerzos». Levantó su teléfono y lo sacudió un poco.

Dos agentes uniformados separaban a la multitud y Stasia se preparó.

«Señora», dijo el primer policía. Él y su pareja se veían básicamente iguales y no había forma de que ella los pudiera recordar. Miró las etiquetas con los nombres y vio que uno se llamaba Smith y el otro Jones. Encantador. «Recibimos una llamada».

«Alguien intentó secuestrarme», confirmó. Su voz era más firme ahora y sus manos no temblaban. Bien. A los policías no les gustaban las mujeres lloronas. «Van a querer llamar a su sargento antes de que comience el circo mediático».

«¿Circo mediático?». El oficial Jones se mostró escéptico. «Esto es Nueva York, señora. Ahora necesitamos tomar su declaración».

«Me llamo Stasia Nichols. Mi padre es Armand Selby, el tercer hombre más rico de Nueva York. Y no diré nada más hasta que mi abogado se una a nosotros. Ahora, ¿hablamos en la estación? ¿O prefieren esperar a que aparezcan las furgonetas de noticias?».

2

CAPÍTULO DOS

EL AIRE SE SENTÍA *VERDE*. OWEN ECHÓ LA CABEZA HACIA ATRÁS y aulló de alegría y abandono en la noche iluminada por la luna. El suelo estaba blando bajo sus patas, y parte del barro se deslizaba entre las almohadillas de sus dedos. Le encantaba, amaba la conexión con la tierra y con su yo primitivo. Correr así era una libertad que nunca antes del cambio había imaginado.

Ahora no podía imaginar una vida sin eso.

Un coro de aullidos respondió a su grito y el viento sopló detrás de él mientras uno de su equipo lo perseguía. Owen vislumbró pelaje marrón, pero fue el olor lo que delató al lobo. Andre lo golpeó y mordisqueó su pelaje antes de salir corriendo. Owen persiguió. Estaban a salvo en estos bosques. Gibson era dueño de la propiedad y tenían kilómetros para correr y correr y correr a través de un denso bosque y caminos olvidados.

Olvidados por humanos, al menos.

Pero en el hermoso coro de aullidos, faltaban dos. Rowe y Vega que estaban trabajando fuera y probablemente encontrándose solos en algún lugar que nunca podría estar a la altura de estos terrenos.

Owen dejó escapar un pequeño gemido ante la idea. Quería a su familia unida. Podía ser que no compartieran sangre, pero hace años, una noche oscura los había unido, y él estaba decidido a construir algo con los hombres y mujeres que cambiaban y corrían con él.

¿Quién más podría entender lo raro que era ser un hombre lobo?

Sólo lo había sido durante dos años y todavía no entendía la mayor parte. Ninguno de ellos lo hacía. Pero a veces el impulso de cambiar de forma los superaba a todos y terminaban corriendo por la noche como las fieras que vivían dentro de ellos. No estaba relacionado con la luna llena, eso lo habían comprobado. Pero, exactamente no contaban con guías que pudieran seguir.

Andre dejó escapar un ladrido de frustración y Owen se sacudió. Esos eran pensamientos humanos para el tiempo humano. Los hizo desaparecer y se rindió a su lobo. Los olores se hicieron más intensos y *supo* que una liebre estaba fuera de su alcance, llena de sangre jugosa y el espíritu de la carrera.

Él y Andre corrieron juntos y no pasó mucho tiempo antes de que Hunter, Jackson y Gibson se unieran a ellos. Una liebre nunca satisfaría a cinco lobos. Pero seguro no sería la única presa en estos bosques.

Gibson tomó la delantera. El mayor tenía una forma

de hacerlo, y todos lo siguieron inconscientemente. De esta forma no hablaban, su comunicación era relegada a miradas, resoplidos y ladridos. No hizo falta mucho para ponerse en formación. Ya antes habían hecho esto.

Habiendo olvidado a la liebre, se aferraron al olor de un ciervo y lo persiguieron.

A Owen le dolían los músculos, pero se olvidó de ello en la euforia de la caza. Esto era lo que su cuerpo estaba destinado a hacer y nunca quería detenerse.

Y luego sucedió. Apareció el ciervo.

La caza estaba en marcha.

Ya no prestó atención a la sensación del suelo bajo sus patas o al olor de los árboles en el aire. Todo su ser estaba concentrado en el ciervo y en la copiosa comida que seguramente tendrían. Cuando Owen se despertó con dos patas, supo que podría tener un sabor extraño en la boca, pero no le importó. No se preocupaba por el futuro de estar bajo esta forma.

Le iba perfecto. Eran una unidad nacida para cazar juntos.

Andre corrió por delante para llevar al ciervo por el camino correcto mientras el resto de ellos iban tras él, listos para saltar una vez que tropezara.

Sólo que algo salió mal. Se suponía que el ciervo debía seguir avanzando por el camino. Los árboles se cerrarían y se volverían demasiado densos para que pudiera ir más allá. Entonces lo harían suyo.

No fue así.

El ciervo giró hacia el este y en cuestión de segundos

llegó a la carretera del condado que colindaba con la propiedad. Los lobos tuvieron que patinar hasta detenerse antes de salir de la línea de árboles. No podían arriesgarse a ser vistos por un humano normal. Si tenían suerte, podrían ser confundidos con coyotes. Pero no iban a confiar en la suerte.

Owen y los demás estaban decepcionados. Era difícil no estarlo cuando un jugoso ciervo había saltado de sus manos. Pero la noche no estaba arruinada. Ni por asomo. Corrieron, persiguieron y jugaron hasta que el agotamiento se apoderó de ellos. Algunas noches, terminaban en un montón de pieles para dormir y dormían bajo las estrellas. No esta noche.

Gibson dio la llamada y todos se dirigieron de regreso a la cabaña.

Antes de entrar por la puerta del sótano, Owen cambió de nuevo a humano. Los demás lo siguieron poco después. Su cambio fue más rápido que el de ellos, pero no mucho, y afortunadamente no era demasiado doloroso para ninguno de ellos. Se sentía como si estiraran los músculos justo más allá del punto de confort y los mantuvieran así durante varios segundos. No era exactamente agradable, pero valía la pena el costo.

Y una vez que se irguió, desnudo bajo la pálida luz de la luna, sus sentidos se sintieron amortiguados por el algodón. Apenas podía oler nada y los sonidos se mezclaban. Pero los colores rápidamente se hicieron más claros a medida que sus sentidos se ajustaban a ser humano. *Esa* era la parte más discordante de todo el cambio.

Abrió la puerta y se dirigió al interior, recogiendo su bata de baño que estaba tirada en el suelo donde la había dejado antes de la carrera. Todos los demás hicieron lo mismo. Estaban callados. Siempre lo estaban cuando volvían a ser humanos, como si les llevara un tiempo recordar cómo funcionaban sus cuerdas vocales y qué palabras iban en qué orden.

Entonces el estómago de Owen gruñó.

«Maldito Chip», gruñó Erin Jackson. Se ató bien la bata y se recogió el cabello rubio hacia atrás en una cola de caballo con un lazo que parecía materializarse de la nada. No sabía cómo había logrado que su cabello se peinara tan perfectamente y no estaba dispuesto a preguntar. Jackson tenía una forma de fruncir el ceño que le hizo estar seguro de que estaba a punto de recibir un golpe.

«Chip tiene hambre, mayor», le dijo Andre Gordon a Gibson, como si su comandante no pudiera oír el estómago de Owen.

Owen se mantuvo en silencio y se puso una mano sobre el estómago como si eso fuera a calmarlo. Entonces su estómago gruñó de nuevo y no pudo contener la risa. «¿Qué puedo decir? ¡Quería venado!».

Gibson puso los ojos en blanco. «Demasiado jodidamente animado, es cierto. Hunter, sube y pide unas pizzas. El lugar habitual aún debería estar abierto». Era cerca de la medianoche, pero estaban en las afueras de una ciudad universitaria y muchos lugares estaban abiertos hasta altas horas de la madrugada.

Willa Hunter se las había arreglado para ponerse

ropa real mientras los demás se burlaban de él. Ella asintió al mayor antes de subir rápidamente las escaleras sin decir una palabra. Owen trató de hacer una señal con la mano, pero ella ya estaba fuera de la vista. Oh bien. Al menos sabía el pedido de pizza.

Owen fue a buscar su ropa antes de que alguien más pudiera burlarse de él por su barriga gruñona. Revisó su teléfono y no se sorprendió al ver que no había mensajes nuevos. Había llamado a su madre más temprano ese día, por lo que no tenía motivos para llamar, y si algo hubiera salido mal con Vega o Rowe, habrían llamado a Gibson o a Gordon. Owen no era la primera llamada de nadie.

La cabaña era lo suficientemente grande como para que él y los demás no se pisaran para guardar su ropa o moverse. Como ya era pasada la medianoche, probablemente se quedarían a pasar la noche. Era un viaje de más de una hora de regreso a la ciudad, y no sería la primera noche en que todos se quedarían a dormir. Owen sospechaba que Gibson tenía dinero, pero nunca preguntaba. Estaba bastante seguro de que el mayor todavía podía joderle su vida a pesar de que todos habían estado retirados del ejército durante dos años. No estaba dispuesto a poner a prueba al hombre.

La cabaña tenía dos amplios dormitorios en el sótano y otros dos en el piso de arriba. El mayor tomó la habitación principal; nadie lo cuestionaba. Hunter y Jackson lograron conseguir sus propias habitaciones, lo que dejaba a Owen y a Andre para compartir. No le importaba. No era que Andre roncara.

Owen consideró tomar una ducha rápida, pero su

piel se sentía fresca y nueva por el cambio, así que no había necesidad. Algo del cansancio de correr a cuatro patas toda la noche estaba empezando a afectarlo, y quería meterse en su cama, pero Gibson querría comprobarlo.

Y Owen quería pizza.

Subió las escaleras y encontró a todos vestidos y sentados alrededor de la gran isla de la cocina, devorando la primera de cuatro pizzas de pepperoni y champiñones. Owen abrió la siguiente pizza y tomó cuatro piezas. Esa era otra cosa sobre ser un hombre lobo. Tenían que comer *todo el tiempo*. Sus cuerpos devoraban calorías como si estuvieran pasando de moda. Y Owen comió las primeras rebanadas tan rápido que apenas las probó.

«¿Alguna actualización sobre el trabajo de Bradley?», preguntó Jackson. Le daba delicados bocados a su pizza y después de cada bocado se secaba los labios con una servilleta para limpiarse la grasa.

Gibson asintió al teléfono celular que estaba junto a su plato. «Rowe envió un mensaje de texto. El trabajo está terminado. Estarán en casa en un par de días».

Parte de la tensión, tensión que Owen no se había dado cuenta de que estaba sintiendo, provenía de la unidad. Era bueno saber que estarían todos juntos nuevamente. «¿Algún problema?», preguntó, con la boca llena de pizza.

Gibson lo fulminó con la mirada y Owen sonrió más ampliamente. «Todo estuvo bien. La ex no se presentó a la boda y la feliz pareja está de camino a Aruba».

La noticia no era precisamente trascendental y nadie la celebró. «¿Algo más interesante que ser niñeros de un par de novias?», preguntó Andre. Estaba encorvado en un rincón y de alguna manera se las arregló para estar medio oculto en la sombra, a pesar de la cocina brillantemente iluminada. Sólo había un toque de amenaza en su voz y Owen quiso poner los ojos en blanco. El chico era todo drama y necesitaba aprender a relajarse. Acababan de salir a correr. Tenían pizza. ¿De qué tenía que quejarse?

Dos años antes, después de haber sido expulsados sin contemplaciones del ejército en un intento de mantener en secreto lo que les había sucedido, Gibson los había reunido a todos con una idea: protección. Podrían proporcionársela a quienes lo necesitaran mientras descubrían lo que significaba ser criaturas imposibles en un mundo ordinario. Hacía dieciocho meses su equipo de guardaespaldas había despegado, pero todavía se estaban haciendo de un nombre. Eso implicaba aceptar pequeños trabajos y establecer contactos. A Owen no le importaba. Estaba bastante seguro de que Andre preferiría saltar de un edificio que ser amable con los clientes potenciales.

«Serás el primero en saberlo», prometió Gibson, con la voz llena de sarcasmo.

Andre miraba desde su rincón oscuro.

Justo cuando Gibson estaba listo para meterse otro trozo de pizza en la boca, sonó su teléfono. Miró la pantalla por un momento, entrecerró los ojos, luego dejó la pizza, tomó el teléfono y salió.

Miró a Andre, luego a Jackson y Hunter, y luego todos miraron a Gibson. Estaba parado en el balcón y había cerrado la puerta corrediza de vidrio. Owen había deseado que al ser un hombre lobo le hubiera dado un súper oído. Su investigación, si ver la serie de *"Lobo Adolescente"* contaba como investigación, había sugerido que debería poder hacer mucho más de lo que hacía. Era un poco más fuerte, un poco más rápido, sus sentidos eran un poco más agudos, pero nada inhumano. Nada que permitiera a ninguno de ellos escuchar realmente lo que decía el mayor.

«Está siendo reservado», murmuró Hunter.

Owen tuvo que morderse el labio para evitar decir algo. Hunter ni siquiera les diría su cumpleaños o su ciudad natal. «El mayor tiene permitida una llamada en privado».

«No, eso fue raro», coincidió Jackson. Echó un vistazo a cada uno de sus platos como si contara el número de piezas que tenían y luego tomó la siguiente caja de pizza.

Los cuatro miraron a Gibson a través del cristal mientras masticaban su pizza. Sólo una vez que colgó el teléfono se dieron la vuelta para fingir que no habían estado husmeando descaradamente.

«Todos ustedes saben disimular», dijo Gibson una vez que cerró la puerta. «Myers, conmigo». Señaló hacia su dormitorio por el pasillo.

Owen tuvo la extraña sensación de ser llamado a la oficina del director. Tenía que recordarse a sí mismo que ya no estaba en la escuela, ni en el ejército y que nadie podía lastimarlo.

Sí, claro. El mayor podría hacer de su vida un infierno si quería. Owen trató de pensar si había hecho algo malo durante la última semana, pero no se le ocurrió nada. Y luego se recordó a sí mismo que tenía treinta y dos malditos años y que no necesitaba tener miedo de Gibson.

Entró en el dormitorio de Gibson y cerró la puerta detrás de él. Estaban lo suficientemente lejos de los demás para no ser escuchados siempre que hablaran en voz baja, y esta habitación también funcionaba como la oficina de Gibson cuando estaba en la cabaña, por lo que no era extraño tener una discusión aquí.

«¿Qué sucede?», preguntó Owen. Se apoyó contra la puerta y cruzó los brazos sin apretarlos.

Gibson se sentó en el pequeño escritorio que había instalado y abrió la tapa de su computadora portátil. «Era un amigo mío de la universidad. Su hermana podría estar en problemas y él quiere que la vigile durante la próxima semana mientras su familia se encarga de eso».

«¿Se encarga de eso? ¿Es de la mafia?». No tenían un código moral estricto sobre para quién trabajar, pero Owen pensaba que tenía que existir un límite en *alguna parte*.

Gibson soltó una risita. «Peor. Dinero. Mucho dinero. ¿Alguna vez has oído hablar de los Selby?».

«No puedo decir que lo he hecho». Owen conocía a los ricos famosos, pero no a los astutos que permanecían fuera del centro de atención.

«El Grupo Selby tiene sus dedos metidos en cualquier pastel. Dinero viejo. La hija no está involucrada, pero en tres años, este es el segundo intento para secuestrarla».

«¿Secuestro? Eso es un poco más que un problema». Owen esperaba escuchar de otro trabajo de niñera. Las herederas estaban así de necesitadas.

«'AR' parece estar seguro de que la seguridad privada de la familia podría encargarse, pero él quería que un extraño vigilara a su hermana. Aparentemente, ella no es fanática de la seguridad familiar y pensó que esto funcionaría mejor. Te enviaré a ti».

«¿Sólo yo?». A Owen no le importaba ocuparse solo, pero no era así como funcionaban las misiones. No podía cubrir las 24 horas del día, los 7 días de la semana, con sentidos mejorados de hombre lobo o no. Tenía que dormir en algún momento.

«Inicialmente, sí. Él quiere convencerla de que acepte un equipo, pero quiere facilitarle las cosas. Habrá un seguimiento de apoyo a distancia, pero tú serás su único punto de contacto».

«¿Nuestro apoyo o su apoyo?». A Owen no le gustaba la idea de ocuparse solo, y realmente no le gustaba la idea de un apoyo extraño. Pero iba donde el mayor le ordenaba.

«Suyo». Gibson tampoco parecía muy feliz por eso.

Owen no veía el sentido de discutir; Gibson lo quería para el trabajo, así que lo haría. «¿Cuándo empiezo?».

Gibson volvió a su computadora y escribió algunas cosas. Un momento después, sonó el teléfono de Owen.

«Preséntate mañana temprano. Te he enviado los detalles».

«Supongo que regresaré a la ciudad esta noche». Se levantó. «¿Algo más?».

Gibson lo miró fijamente. «No la cagues».

«Sí señor».

3
CAPÍTULO TRES

Owen bostezó y estiró el cuello de lado a lado, satisfecho de escuchar los estallidos y crujidos de músculos y huesos soltándose. O lo que fuera que provocara que un cuello crujiera. No estaba seguro. Sonaba horrible, pero se sentía increíble. Tomó un sorbo de su gigantesco café helado e imaginó que podía sentir la cafeína comenzando a fluir a través de su sistema. Había pedido tres dosis extras de café expreso y un montón de azúcar y crema para compensar el amargor.

El barista ni siquiera pestañeó. Estaba seguro de que había visto cosas mucho peores.

No sabía si era el metabolismo del hombre lobo o años de resistencia, pero necesitó *mucho* café para despertarse, especialmente después de una carrera. Y el viaje a la ciudad en medio de la noche había sido molesto. Pero se alegró de no haber esperado. Podía escuchar las bocinas de los autos zigzagueando por las calles de Manhattan y agradeció que solo hubiera tenido que cruzar la ciudad y no el estado.

Normalmente no estaría usando un coche. Esto era Nueva York. ¿Quién tenía auto aquí? Pero en un trabajo era una necesidad. Era mucho más fácil mantener a alguien a salvo en un automóvil que en el metro. Y Gibson les había proporcionado a todos en la compañía autos especialmente equipados. No estaban *técnicamente* blindados, pero había visto tanques que podían soportar menos daño. El auto estaba guardado en un estacionamiento a una cuadra de distancia. Desafortunadamente, el edificio del cliente no tenía un estacionamiento seguro y no había espacio adicional en su pequeño lote para que él estacionara. En cuanto a los desafíos, podía lidiar con eso.

El edificio era más bonito de lo que esperaba, pero tal vez no debería haberlo sido. Ningún médico de urgencias podría permitirse el lugar. Debía costar millones. Pero en su cargo, Stasia Nichols, no era un médico normal. El edificio de antes de la guerra estaba a solo unas pocas cuadras del hospital en el que había trabajado anteriormente, lo que habría sido conveniente. El portero del edificio ofrecía una medida extra de seguridad, y eso significaba que la Dra. Nichols era lo suficientemente inteligente como para saber que podría haber un objetivo en su cabeza.

O simplemente le gustaba que alguien con uniforme le abriera la puerta.

Owen sonrió al hombre cuando lo dejó entrar. La

seguridad del Grupo Selby lo había arreglado todo, con excepción de darle la llave de la unidad de Stasia.

Observó el ascensor antes de optar por las escaleras. El ascensor parecía original del edificio, construido en 1909, y Owen no quería correr riesgos. Por supuesto, las personas lo suficientemente ricas como para permitirse una excavación en este edificio insistirían en que la máquina funcionaba. Pero no le gustó y ya estaba un poco retrasado.

Stasia vivía en una de las dos unidades en el quinto y sexto piso. La entrada a su unidad estaba en el quinto piso y no estaba sin aliento cuando subió todos esos escalones: entrenamiento militar y resistencia de hombre lobo para la victoria.

Tomó un sorbo vigorizante de su café. No sabía cómo iba a salir esto, y por lo general tenía un compañero a su lado para suavizar cualquier problema que surgiera. Owen era bueno en su trabajo, genial, en realidad, pero podía irritar a las personas. Nunca a propósito, pero no todos reaccionaban bien a su nivel predeterminado de optimismo.

Repasó mentalmente el archivo que le habían dado. Todos los datos los guardó en su teléfono, pero no necesitaba abrirlos. No había mucho que saber. Stasia era una bella princesa que había viajado por el mundo con el dinero de papá después de convertirse en doctora. Luego de acortar sus vacaciones internacionales, se instaló en Nueva York, trabajando en el área de Urgencias de un hospital cercano, aunque recientemente la habían despedido. No había razón en el archivo, pero Owen podía adivinar que las princesas malcriadas no estaban hechas exactamente para la sala de emergencias.

Había sido criada con guardaespaldas a su alrededor. Su padre era uno de los hombres más ricos de la ciudad, ella conocía el procedimiento. El trabajo sería fácil. Con el equipo de seguridad de su padre abordando la mayoría de las cosas difíciles, investigando quién había intentado atacarla y brindando vigilancia de respaldo, el trabajo de Owen consistía principalmente en sentarse y verse bonito. O amenazante. Podría ser un buen perro guardián. Y al final de la semana, el trabajo terminaría, tendría un cheque de pago, Gibson habría pagado un favor y, con suerte, habría más trabajos interesantes en camino.

Ojalá.

Pero Owen no podía holgazanear sólo porque esperaba un trabajo aburrido. Esa era la manera más segura de hacer que su protegida y él mismo fueran asesinados.

Tomó otro sorbo de café por si acaso, llamó a la puerta y esperó.

Y esperó.

Y esperó.

Luego volvió a llamar. ¿No sabía la princesa que venía?

Tal vez necesitaba ser más amable; después de todo, el día anterior ella casi había sido secuestrada en la calle. Eso también la haría desconfiar de abrir la puerta.

Pero finalmente escuchó pasos y un momento después la puerta se abrió.

Owen olvidó cómo respirar.

Su archivo tenía una foto de Stasia Nichols, pero no le hacía justicia. Sus grandes ojos grises le recordaron la luna y no podía apartar la mirada. Tenía cabello negro colgando y enmarcando su rostro pálido y labios carnosos que él necesitaba besar. Era más baja de lo que esperaba, pero exudaba una presencia que la hacía parecer más alta que él, incluso con la única mirada que compartieron.

Quería extender sus manos y colocarlas en la curva de sus caderas y pasarlas por todo su cuerpo. Nunca antes había sido superado por una lujuria tan instantánea y podía sentir a su lobo susurrando bajo su piel, inquieto y queriendo acicalarse por su...

¿Su qué?

¿Su?

Normalmente no pensaba en su lobo como algo separado de sí mismo. A veces era un hombre, a veces un lobo, pero siempre era Owen, sin importar cuánto pelaje tuviera. Pero ahora mismo podía sentir la presencia de algo... diferente. Algo primitivo.

Su polla tembló y Owen apretó la mandíbula. Este no era el momento. Había protegido muchos encargos atractivos antes y siempre había sido capaz de mantenerse profesional. Esto no era diferente.

Pero ninguno de ellos era Stasia.

Su aroma le hizo cosquillas en la nariz y allí volvía nuevamente a aparecer su lobo. Prácticamente podía sentir su cola meneándose de la emoción. Pero ahora no era el momento de mover la cola. *Ninguna* de sus colas.

«¿Te mudaste al otro lado del pasillo?», ella

preguntó. Su expresión era severa, como si una sonrisa la lastimara físicamente, pero de alguna manera cautivaba a Owen. Sabía que cuando consiguiera que ella sonriera sería porque se lo había ganado.

Él no entendió lo que ella quería decir al principio y miró por encima del hombro hacia la otra puerta. Esa unidad debía haber estado vacía. Tendría que actualizar el archivo para asegurarse de que todos lo supieran. Probablemente ya debería estar en el expediente.

«¿Y bien?», preguntó ella cuando él esperó demasiado para responder.

Owen le respondió bruscamente. «Estoy aquí por su cuerpo». Las palabras eran todas en su idioma, pero podría haberse golpeado a sí mismo por la forma en que salieron.

«¿*Perdón*?». Las cejas oscuras de Stasia se dispararon y parecía lista para abofetearlo.

«¡No, no!», Owen agitó las manos, tratando de corregirse. «Para proteger su cuerpo. Soy su guardaespaldas. Owen Myers». Nunca se le trababa la lengua. Podía ser que nunca fuera el más inteligente de la sala, pero siempre sabía qué decir. Excepto, aparentemente, cuando su lobo, su polla y su cerebro tenían otras ideas.

«Oh». Los ojos de Stasia se movieron de arriba abajo, y cuando volvió a mirarlo a los ojos, supo que había sido juzgado. Y había fallado. «No».

«¿Cómo?».

«No». Lo dijo despacio, alargando la palabra como si pensara que él era demasiado estúpido para entender.

Pero, por otro lado, esta no era su mejor primera

impresión. Tal vez debería haber agregado un cuarto trago de expreso. «Lamento cualquier malentendido. El Grupo Selby contrató a mi empresa para vigilarla mientras investigan el intento de secuestro. Solo queremos mantenerla a salvo».

Sus ojos oscuros se entrecerraron y frunció los labios. «Dígale a mi padre que estoy lo suficientemente a salvo».

Y antes de que tuviera la oportunidad de decir algo más, ella le cerró la puerta en la cara.

4

CAPÍTULO CUATRO

Stasia mantuvo la mano en la puerta como si eso pudiera evitar que el estúpido, entrometido y *atractivo* guardaespaldas se colara.

Ella debió haber sabido que vendría. La noche anterior, tanto su padre como su hermano habían dejado pasar toda esta situación con demasiada facilidad. Después de unas horas en la comisaría donde había dado un informe y había hecho todo lo posible para guiar a los detectives hacia una explicación de lo que había sucedido, pudo irse a casa y fingir que todo iba a estar bien. Incluso había permitido que, durante la noche, su padre dejara un destacamento de seguridad fuera de su edificio.

En caso de que algo saliera mal.

Eso había sido un error. Debería haber sabido que su padre no se detendría ahí.

Owen Myers no se parecía a ninguno de los guardias que su padre solía contratar. Ni siquiera estaba usando un traje. Y la sonrisa que le dedicó (dientes blancos, líneas de expresión, labios besables y piel cálida y bronceada) fue suficiente para hacer que su estómago se agitara.

No es que ella alguna vez le dejaría saber eso.

Era demasiado excitante para su propio bien y sin duda, él lo sabía. Y para *ella*, también era demasiado atractivo para su propio bien. Sólo mirarlo le hizo pensar en noches bochornosas y aire húmedo.

No podía recordar haber tenido sentimientos inapropiados por un guardaespaldas antes, y no iba a empezar ahora. Ella no necesitaba un guardaespaldas. Claro, tal vez casi la habían secuestrado en la calle a plena luz del día. Eso no fue lo ideal. Pero esa era la mierda de su padre. No tenía *nada* que ver con ella, y no estaba dispuesta a empezar a involucrarse en cualquier tontería que el Grupo Selby estuviera tramando.

Ella no trabajaba para la empresa de su padre.

Ni vivía en su casa.

Ya no tenía que lidiar con sus órdenes.

Un golpe hueco resonó justo al lado de su oído. «Sra. Nichols, por favor permítame entrar». Todo eso era voz de guardaespaldas. Fría y autoritaria, del tipo que se suponía que la haría poner atención. Stasia odiaba que una parte de ella quisiera temblar y obedecerlo.

Pero sólo era una pequeña parte, y ella no se daba por vencida tan fácilmente. «Es *Doctora*». Había trabajado mucho y duro para obtener ese título y no estaba dispuesta a dejar que nadie lo olvidara.

«*Dra.* Nichols», corrigió. «Por favor déjeme entrar».

«No». Esto era ridículo. Le estaba gritando a un guardaespaldas a través de su propia puerta cerrada como si necesitara negociar para que se fuera. No iba a entrar en la habitación sin forzar la entrada y, si lo intentaba, lo despedirían antes de que pudiera pasar la primera cerradura.

Su padre era algo atrevido. Había permitido que el destacamento la siguiera porque parecía lógico. Pero no necesitaba un bulldog que la vigilara a cada paso. ¿Quién se creía este tipo que era?

¿Y qué tipo de guardaespaldas parecía haber salido justo de alguna pasarela?

Era casi una cabeza más alto que ella, definitivamente unos cinco centímetros por encima del metro ochenta. Tenía el cabello corto y oscuro y ojos marrones conmovedores bordeados con suficientes líneas de risa para que se viera dulce y gentil... y tan sexy. Tenía el tipo de bronceado parejo que solo se daba de forma natural, y aunque estaba cubierto de pies a cabeza, podía notar que había músculos ondeando justo debajo de la superficie. No era el tipo de chico por el que normalmente se sentía atraída.

Principalmente porque era el tipo de chico que solo existía en las fantasías pornográficas.

Había un montón de médicos atractivos, abogados atractivos, corredores de bolsa atractivos y baristas atractivos. Pero ninguno de ellos estaba a la altura de este tipo Owen.

Era una lástima que ella tuviera que arruinar su vida. De acuerdo, probablemente eso era un *poco* exagerado.

Ella solo quería que lo despidieran, no le importaba el resto de su vida.

No iba a dejar que entrara para ordenarle y cuidarla.

No lo necesitaba.

No lo quería.

No iba a tenerlo.

Volvió a llamar a la puerta, pero esta vez no dijo nada. Stasia se quedó mirando la madera blanca durante un largo momento antes de impulsarse y adentrarse más en su apartamento. Deja que se harte. Ella no le debía nada. Eventualmente se daría cuenta de que ella no estaba escuchando.

Y afortunadamente ella no tenía un vecino, por lo que incluso si él decidiera esperar afuera de la puerta de su casa todo el día, nadie estaría allí para cuestionar su presencia. A ella *realmente* no le importaba si los vecinos comenzaban a chismear, pero tenía décadas de entrenamiento en medios que la hacían alejarse del centro de atención a menos que lo estuviera usando para su beneficio.

Nadie podía entrar en su apartamento para secuestrarla si se quedaba parado justo afuera de su puerta.

Odiaba siquiera pensarlo. Odiaba que una pequeña parte de ella quisiera dejarlo entrar para que se ocupara de todas sus dificultades y la protegiera hasta que el problema, que su padre había causado en su vida, se arreglara con su dinero.

Pero hace mucho tiempo había aprendido que dejar que su padre dictara cualquier aspecto de su vida lo llevaba a tomar decisiones en *todos* los aspectos.

Comenzaba pequeño, lógico. Alguien trataba de secuestrarla y le ofrecía protección personal. Si no podían atrapar al tipo, diría que tendría que mudarse a su penthouse ya que era más seguro que su edificio. ¿Era cierto? Seguro. Pero sacrificaría mucha seguridad personal para mantenerse alejada del control de su padre.

Ella ya no tenía trabajo en el hospital y él tenía muchos contactos que estarían encantados de contratarla. Y así, se vería envuelta en una red de favores y responsabilidades de las que nunca podría escapar.

Sabía quién era su padre. No amaba como una persona normal. Algunos pensaban que era completamente incapaz de sentir la emoción, pero ella sabía que era más complejo que eso. Para él, el amor era transaccional. Ninguna de sus esposas había estado a la altura del concepto, y ella y sus nueve hermanos habían caído en desgracia, dependiendo de su estado de ánimo y de su utilidad. Bueno, tal vez el bebé estaba fuera de la cuestión. Por ahora.

En otra vida, habría sido un rey o un gobernante, dictando su voluntad y caprichos en el mundo. No tenía un título, pero usaba su riqueza exactamente como si lo fuera.

Ahora estaba libre de él, más o menos. Y no podía dejar que esto fuera otro revés. Le había tomado casi dos años salir del último contratiempo que la había colocado justo en las garras de su padre. No quería empezar todo de nuevo.

Incluso, si empezar de nuevo era exactamente lo que

estaba haciendo en ese momento. Pero al menos no tenía nada que ver con su padre.

Cogió su teléfono del mostrador de la cocina y marcó el número de su padre. No se sorprendió cuando él no contestó y la remitieron de inmediato al servicio de contestador de su asistente. Colgó antes de dejar un mensaje. Si hubiera querido hablar, habría descolgado.

Luego probó con su hermano, AR. Si no podía localizar a su padre, con su hermano mayor sería suficiente. Era la mano derecha y heredero de su padre. Él hacía el trabajo sucio de la familia.

Pero AR tampoco respondió.

Stasia maldijo y volvió a colgar el teléfono. Odiaba los juegos de su familia. Sin duda, su padre y AR estaban ocupados. Serían capaces de darle una docena de razones lógicas y convenientes por las que no podían contestar sus llamadas.

Pero en realidad, no estaban respondiendo porque pensaban que si la ignoraban durante el tiempo suficiente, se daría por vencida y aceptaría que Owen sería su sombra hasta que decidieran que estaba a salvo.

A salvo.

No creía que pudiera estar realmente a salvo mientras fuera la hija de Armand Selby. Y aparte del viaje en el tiempo, no había forma de desatar esa unión.

Owen volvió a llamar a la puerta, un desagradable recordatorio de todo el control que su padre intentaba ejercer sobre ella.

Lo ignoró y, en cambio, consultó la aplicación de calendario en su teléfono para ver qué tenía que hacer hoy. Había estado tratando de mantenerse ocupada en las dos semanas desde que dejó su trabajo anterior y estaba feliz de ver que se acercaba un turno de voluntaria.

Observó la ventana de su sala de estar que daba a Gramercy Park. Si su apartamento estuviera unos pocos pisos más abajo, habría estado feliz de escabullirse y perder al perro guardián. Pero había dejado de jugar con los detalles de seguridad cuando era adolescente. Ahora era una mujer adulta, de treinta y cuatro años.

Si no quería que la siguieran, tendría que perderlo de la manera antigua.

5
CAPÍTULO CINCO

Owen apretó los dedos contra la puerta. Sólida. ¿Caoba? Quizás. Definitivamente elegante y dura. Nada que pudiera derribar. No es que lo hiciera. Eso daría exactamente la impresión opuesta a la que quería darle a Stasia.

Apenas podía oírla caminar por el interior del condominio. El sonido de sus pasos era mayormente ahogado por los latidos de su propio corazón, pero al menos sabía que ella estaba sana y salva donde se suponía que debía estar. Tendría que encontrar otra forma de entrar.

No era como si fuera a mantenerla prisionera. Aunque su mente brilló brevemente en un par de esposas borrosas con las que una vez había estado encadenado a una cama. ¿Le gustaría eso?

Definitivamente no es algo que él pediría. No era *tan* estúpido.

Si no podía entrar al apartamento y no podía lograr que ella accediera a la protección, su presencia resultaba inútil. Pero Owen no entró en pánico. A veces, los clientes se acobardaban cuando aparecían sus guardias. Hacía que todo fuera más real. Probablemente él también estaría asustado.

Aunque dudaba que hubiera muchos malos por ahí que pudieran derrotar a un maldito hombre lobo.

La princesa no era quien esperaba. No era fácil mirarlo hacia abajo e ignorarlo, y ella lo había hecho como si nada. Definitivamente no era una flor preciosa.

Quería poner a prueba sus límites. Quería ver si podía hacer que esa cara agria suya esbozara una sonrisa. Y quería saborear sus labios más de lo que quería su próximo aliento. La atracción no se desvanecía, incluso cuando pasaban los minutos y ella seguía ignorándolo.

A su lobo no le gustó eso.

Él y su lobo necesitaban hablar. No podía lidiar con una doble personalidad en medio de un trabajo.

Sacó su teléfono y llamó a Gibson. Fue vergonzoso que le cerraran la puerta en la cara, pero aún así necesitaba informarle a su jefe.

Gibson respondió al primer timbre. «¿Todo listo?». Owen podía escuchar el ruido de la carretera en el fondo de la llamada y asumió que el jefe regresaba a la ciudad.

«Negativo. El cliente no me dejaba entrar». Pasó el dedo arriba y abajo por un trozo de la puerta como si eso fuera a abrirla por arte de magia.

Al mayor no le gustó eso. «¿Qué?».

Owen dejó escapar un suspiro de frustración. «Parece que existe una rencilla familiar. Estoy trabajando en eso».

«¿Necesitas que llame al hermano?».

Owen lo consideró, pero lo descartó. «Dame un poco más de tiempo. Te lo haré saber». No quería pedir refuerzos todavía. Tal vez podría conseguir que la princesa accediera.

«Afirmativo». Gibson colgó sin molestarse en añadir nada más. Tenía más trabajos de los cuales encargarse y no revisaría a Owen hasta el próximo informe.

Estaba a punto de guardar su teléfono en el bolsillo cuando vibró con una llamada entrante. «Myers».

«Peters, de Seguridad Selby». No conocía al hombre, pero la compañía era obvia.

«¿Estás en el equipo de vigilancia?». ¿Que va mal? ¿Algún hostil en la zona? ¿Habían detenido a los secuestradores en tentativa? Owen se obligó a no acosar al hombre en busca de respuestas; claramente estaba llamando por una razón.

«Sí. Confirmando la salida de la Srita. Selby».

«Es doctora». La corrección llegó automáticamente y luego su cerebro lo captó. «Un momento. ¿Qué? ¿Cuál salida?».

«Tenemos ojos sobre ella por la salida trasera. ¿Dónde estás?», preguntó Peters.

No era bueno. Nada bueno. Esto no estaba bien.

Era un movimiento de novato dejar que el cliente se escapara por la parte de atrás como un adolescente que no cumple con el toque de queda, y esperaba que no la mataran. «Carajo. Espera. Ya voy».

«¿Debemos detenernos?». Peters era todo profesionalismo, lo cual era bueno porque Owen estaba listo para castigarse a sí mismo por su estupidez.

«No. Mantén tus ojos en ella». No quería que ella lo odiara a él o aún más al equipo de seguridad. Había tiempo para arreglar eso.

Si se apresuraba.

Bajó corriendo las escaleras y se dirigió hacia la parte trasera del edificio. Por supuesto, Stasia ya se había ido. Le llevaba algunos minutos, pero eso no sería un problema. Sin duda, el Sr. Peters tenía ojos sobre ella, pero Owen quería encontrarla él mismo.

Sus instintos de lobo zumbaron.

Salir por la parte de atrás fue inteligente, aunque juvenil. Y él no se lo esperaba. La Dra. Nichols seguía jugando con sus expectativas y necesitaría reevaluarlo.

Su calle no estaba llena de gente, pero seguía siendo Nueva York. Los olores y las personas se arremolinaban a su alrededor, y Owen tuvo que concentrarse para averiguar a dónde ir. No la vio al principio y no tenía idea de adónde se dirigía. Pero era sólo cuestión de tiempo.

¡Ahí!

Estaba parada en un semáforo y no intentaba ocultar su identidad. Tenía que saber que el equipo de vigilancia podía verla, y él esperaba que fuera a propósito. Ella no lo quería a *él*, pero eso no la convertía en suicida.

Se quedó atrás, pero no le importó permanecer fuera de la vista. Lo vería si mirara por encima del hombro, pero no había nada que él pudiera hacer al respecto salvo cambiar a su otra forma, y *eso* sin duda atraería más atención de lo que valía la pena.

Se metió en una cafetería y le dio a Owen la oportunidad de tirar su propio café aguado a un basurero cercano. Él no la siguió al interior. En ese momento sintió curiosidad por ver qué iba a hacer ella. Había muchos ojos sobre ella, y no tenía motivos para creer que las personas que la atacaban la dañarían físicamente. Iba a dejar que esto se desarrollara.

Tenía que saber que él la estaba siguiendo. Bebió un sorbo de su café mientras caminaban unas pocas cuadras más, luego lo tiró en un bote de basura.

¿Todo esto era una simple carrera para ir a tomar café?

No.

Bajó las escaleras hacia el subterráneo y Owen la siguió, cerrando parte de la distancia entre ellos. No quería que ella subiera a un tren sin él.

¿Qué diablos pensaba ella? De ninguna manera el equipo de vigilancia podría mantenerse al tanto.

Esperaba que estuvieran rastreando su teléfono.

El tren ya estaba allí y no iba demasiado lleno. Debía haber habido alguna pausa en el viaje, o tuvieron suerte. Stasia tomó asiento.

Owen se sentó a su lado.

«Parece que no eres tan idiota como pareces», dijo mientras colocaba su bolso en su regazo.

«¡Ayyy!», eso dolió un poco. Owen no era tonto. Simplemente no pensaba las cosas todo el tiempo.

Stasia lo miró fijamente.

Esa mirada le provocó cosas y Owen necesitaba mirar

hacia otro lado, o definitivamente no estaría pensando bien las cosas. «Necesitamos trabajar juntos».

«Parece que lo estás haciendo muy bien». Estaba decidida a que le suplicara.

Pero este era el trabajo de Owen y no estaba jugando. «No creo que esté tomando esto en serio. Casi la secuestran».

Sus ojos se movieron rápidamente hacia él y luego hacia otro lado, sin impresionarse. «Fracasaron. Mi padre lo está investigando. ¿Qué más puedo hacer?».

«¿Tomar un taxi?». Eso tenía que ser obvio. Solo había unos pocos pasajeros en este carro, pero podría haber cien, cualquiera de los cuales podría haber querido dañar a Stasia.

Ella resopló. «¿Y dejar que mis posibles secuestradores me roben mientras estoy en el auto? No, gracias».

No estaba seguro de que el metro fuera más seguro que un taxi, pero al menos ella lo había considerado. Owen contaría eso como una victoria, aunque no estaba seguro de qué juego estaban jugando o cómo se anotaban puntos.

«¿Hacia dónde nos dirigimos ahora?». Él estaba a su lado. Podrían empezar de nuevo. Todavía no había razón alguna para definir lo de esta mañana como una pérdida.

Pero Stasia no estaba dispuesta a seguirle el juego. «No sé a dónde vas *tú*».

«Soy su sombra».

Ella se movió en su asiento para enfrentarlo, con los brazos cruzados y el rostro serio. «No soy estúpida.

Estaré atenta. Ni te necesito, ni te quiero. Así que vuelve con mi padre y díselo».

«Así no es como esto funciona».

«Así es *exactamente* como esto funciona».

El tren se detuvo con un chirrido y Stasia saltó de su asiento. Owen tuvo que luchar para seguirlo, y parecía que su tiempo de conversación había terminado. No reconocía el vecindario en el que se encontraban, pero estaba a un mundo de distancia de la brillante riqueza de Gramercy Park.

Definitivamente no era el tipo de lugar donde pasaría el rato una niña rica malcriada.

A menos que estuviera consiguiendo drogas.

Esperaba que no estuviera buscándolas.

No lo hacía. No, a menos que la clínica "St. Agnes Charity Health Clinic" fuera una especie de fachada. Llegó a la puerta principal y se detuvo lo suficientemente rápido como para que Owen casi chocara con ella.

«Los pacientes tienen derecho a la privacidad. Supongo que no puedo evitar que te sientes en la sala de espera. Pero, pones un pie fuera de la fila y voy a llamar a la policía».

Abrió la puerta y la cerró justo en su cara.

De nuevo.

Owen necesitaba que ella dejara de hacer eso.

6

CAPÍTULO SEIS

Stasia presionó las teclas de la computadora con más fuerza de la necesaria mientras buscaba el historial de su próximo paciente. La clínica de voluntarios no podía programarla durante suficientes horas debido a sus propias normas internas, por lo que quería que cada minuto valiera la pena.

En lo que *no* quería estar pensando era en el sexy y frustrante guardaespaldas que probablemente en este momento estaba sentado en la sala de espera.

«¿Noche difícil?». Luna Sparks era enfermera en la clínica y amiga de Stasia. Su cabello completamente negro y sus tatuajes realmente no encajaban con el ambiente de la clínica de caridad católica, pero era una enfermera increíble y nadie quería molestarla.

Stasia no estaba segura de cómo se habían hecho amigas. No era buena hablando con la gente, pero Luna había superado sus defensas como si nada. Aun así, no quería traer su estúpida mierda de chica rica a la clínica.

Quería fingir que era normal, y eso significaba ignorar el intento de secuestro y definitivamente ignorar a Owen.

«Algo como eso». Stasia siguió escaneando el archivo, como si eso fuera suficiente para hacer que Luna se fuera.

Ella sonrió, mostrando grandes dientes blancos y brillantes bordeados por labios de color rojo oscuro. «¿Quién es ese tipo con el que entraste? Se ve apetecible».

«¿Y qué diría tu novia sobre eso?», Stasia apenas levantó la vista cuando disparó la réplica. Esta era la prueba de que Luna era su amiga. No sabía casi nada sobre las otras personas que trabajaban en la clínica. Pero ella sabía el nombre de la novia de Luna, Gerry, géminis con ascendente cáncer, lo que sea que eso significara, y que Luna y Gerry estaban criando a un dragón barbudo llamado Newt.

Luna sólo se rió. «Se ve *delicioso*. Ambas tenemos ojos. ¿De nuevo necesito darte la lección sobre la pansexualidad?».

«Por favor, no lo hagas». Había habido un Power-Point involucrado. Stasia ahora entendía más sobre la orientación sexual de Luna que sobre la suya propia, y realmente no quería sentarse a escuchar otra charla.

«¿Entonces?», Luna presionó.

«Ignóralo y espera que se vaya». Eso era lo que Stasia planeaba hacer. Sabía que era infantil dejar su casa como lo había hecho, pero quería gritar por la forma en que Owen había saltado sobre ella. No había estado de acuerdo, y no iba a tolerar la prepotencia de su familia.

«¿Un vagabundo te siguió?», Luna se asomó por una esquina como si eso le permitiera mirar a través de la ventana de plexiglás que daba a la sala de espera. No lo hacía, el ángulo estaba mal, pero Stasia no estaba dispuesta a detenerla.

«Algo así». Afortunadamente, Stasia terminó de mirar el archivo y pudo escapar de la conversación para ir a ver a su paciente y hablar sobre las extrañas llagas que tenía en los pies.

Un paciente llevó al siguiente y, al final de su turno de cuatro horas, Stasia comenzó a sentir que le vendría bien un descanso. Con mucho gusto seguiría controlando a la gente todo el día, pero de todos modos solo estaba programada para cuatro horas.

Se lavó las manos y se pasó los dedos por el cabello para intentar que se viera un poco más dócil antes de volver a atarlo en un moño bajo. «¿Todavía está por ahí?», le preguntó a Luna, quien estaba ingresando su propia información en la computadora.

«Como si tuviera tiempo para comprobarlo», dijo con un asentimiento hacia la computadora, y Stasia se mostró comprensiva. Todo debía registrarse, y podría tomar mucho más tiempo de lo esperado. «Hay algo que quería mencionarte».

«¿Sí?». Luna sonaba seria y eso llamó la atención de Stasia.

La enfermera miró a su alrededor disimuladamente como si estuviera planeando algo, y el ritmo cardíaco de Stasia se disparó porque temía que su amiga estuviera involucrada en el plan de secuestro. Luego habló, y Stasia quiso abofetearse por pensar que todo se trataba de ella. «Estoy solicitando un nuevo puesto».

«Oh. Eso es... genial». Pero su tono desmentía sus palabras. Stasia era muy buena bajo presión, pero no siempre genial con los cambios. Por eso toda su vida estaba un poco estancada en este momento. Y Luna le agradaba. No quería que se incorporara una enfermera completamente nueva, ni perder a una amiga.

Luna se dio la vuelta en el taburete para mirar mejor a Stasia. «Lamento abandonarte, pero es una gran oportunidad».

«No me vas a abandonar». Los trabajos cambian, esto estaba bien. En serio. Stasia lo superaría.

Pero Luna todavía no había terminado de hablar. «Sé que tu horario sólo es esporádico. Y es que no quería tan sólo desaparecer».

Claro. Eso hubiera sido mucho peor. Luna era su amiga y Stasia no sabía si duraría más allá de este trabajo, pero al menos Luna se lo estaba advirtiendo. «Gracias por avisarme. Y buena suerte».

Luna tuvo que ir a ayudar a un paciente y Stasia no podía quedarse. Tenía otra reunión a la que asistir, aunque esta no estaba programada.

Cuando salió, no vio a Owen ni a su equipo de seguridad, pero estaba segura de que la seguían. Su padre no contrataba imbéciles. Regresó al metro y tomó un tren hacia Midtown.

Owen apareció mágicamente junto a ella, y Stasia odió sentirse un poco aliviada. Ese medio segundo en el que pensó que Luna estaba a punto de traicionarla había sido de impacto, y el trauma de ayer todavía estaba demasiado cerca.

«¿A dónde vamos ahora?», preguntó Owen con una sonrisa y su cabello oscuro despeinado y peligrosamente sexy.

Ella lo odiaba. ¿Cómo era este chico tan optimista? ¿Y excitante? Ella lo había tratado como una mierda, lo ignoró durante horas y ahora él era todo sonrisas. ¿Qué estaba mal con él?

«Supongo que lo descubrirás».

No hablaron más. Stasia había estado hablando con los pacientes durante horas y era agotador. No necesitaba discutir con el tipo del que estaba a punto de deshacerse.

Su parada llegó rápido y Owen la siguió fuera del tren sin decir una palabra. Hombres y mujeres trajeados abarrotaban las aceras de Midtown y Stasia miraba con cautela, seguro de que alguna de estas personas pretendía hacerle daño.

Nadie los abordó y llegaron sanos y salvos al edificio Selby, su puerta característica rodeada de líneas esculpidas de color carmesí retorcidas casi tan familiares como su apartamento, después de todos estos años.

Ella ya tenía su credencial lista y la agitó a través del sensor para entrar al elevador e ir al piso ejecutivo. La oficina de su padre era la más grande, por supuesto, con ventanas que daban la vuelta a la esquina y le permitían ver todo Manhattan.

Cuando era pequeña, solía pensar que mirar por estas ventanas le permitía ver el mundo entero.

Su padre no estaba sentado detrás de su escritorio, y la superficie del escritorio estaba completamente vacía, una señal de que no regresaría por el resto del día.

Entró una de sus asistentes, Melody, si Stasia recordaba el nombre correctamente. Llevaba un traje pantalón color lavanda y tenía el pelo rubio recogido en un moño apretado. «Voló esta mañana a una reunión. ¿Hay algo en lo que pueda ayudarla, Dra. Nichols?».

A Stasia le gustaba Melody. Esperaba que su padre no terminara casándose con ella cuando se aburriera de Riley. «¿Mi hermano?», preguntó. AR sería un sustituto adecuado.

«Se lo conseguiré». Melody salió corriendo de la oficina.

Owen permaneció en silencio junto a ella mientras esperaban, tambaleándose un poco como si no pudiera mantenerse quieto. Quería extender una mano para evitar que se moviera, pero temía que en parte solo fuera porque quería una excusa para tocarlo.

No. Ella no haría eso.

Afortunadamente, AR entró antes de que los instintos más básicos de Stasia pudieran hacerse cargo. A los cuarenta y cuatro, AR era diez años mayor que ella y el heredero aparente del imperio de su padre. Era el mayor, el único hijo del primer matrimonio de su padre, y el hombre al que ella y sus hermanos acudían cuando no podían localizar a Armand Selby.

No significaba que fueran cercanos. Stasia trató de pensar en la última vez que había visto a su hermano. ¿Acción de Gracias? ¿Navidad? No, se había saltado las vacaciones por un evento de trabajo. No importaba, pero habían sido meses.

AR tomó asiento detrás del escritorio de su padre como si fuera el dueño y colocó un folio encuadernado en cuero frente a él. Hizo un gesto para que ella y Owen tomaran asiento, pero Stasia permaneció de pie. Owen siguió su ejemplo.

Interesante.

«Me sacaron de una llamada importante para esto». AR dejó escapar un suspiro de frustración.

«Estoy segura». Cada llamada era importante cuando había miles de millones en juego. Pero ella podría hacer esto bastante fácil. «Despídelo y podrás volver a explotar a las naciones empobrecidas».

La cabeza de Owen se volvió hacia ella, con la boca abierta. «¿En serio?».

«¿En serio?». Su hermano sonaba más gracioso.

Stasia quería deambular, pero concentró toda esa energía internamente y habló. «Acepté la situación mientras investigabas el problema. Vigilancia a distancia. No una niñera a tiempo completo».

«No soy...».

«El que habla ahora mismo». Le lanzó una mirada a Owen mientras hablaba, solo para asegurarse de que entendiera. Owen podría haber estado presente, pero esta no era su conversación.

AR se reclinó en la silla de su padre y se cruzó de brazos. «Te quiero a salvo».

Ella lo creía: ella y AR no eran cercanos, pero seguían siendo familia. Sin embargo, eso no significaba que tuviera que tomar decisiones por ella. «¿Y tu gente no puede mantenerme lo suficientemente a salvo?».

«Sta....».

«Responde a mi pregunta». El Grupo Selby empleaba a personas absolutamente competentes y Stasia ya había hecho una gran concesión para permitirles vigilarla.

Pero AR claramente esperaba esto. Abrió la carpeta sobre el escritorio para revelar una tableta. Deslizó la pantalla para activarla y luego se desplazó para encontrar lo que estaba buscando antes de girarla para que ella pudiera echar un vistazo.

Stasia se acercó al escritorio y miró, pero no estaba segura de lo que estaba viendo.

«Seguridad encontró evidencia de vigilancia en un apartamento vacío al otro lado de la calle del tuyo», le dijo mientras se desplazaba a la siguiente imagen, que mostraba un apartamento vacío. «Cuando escaneamos tu teléfono, encontraron software espía. Lo eliminaron. Esto no fue aleatorio y podría volver a suceder. Tu mejor oportunidad de seguridad es dejar que...», miró a Owen mientras callaba y luego continuó: «... el hombre de Gibson te proteja».

Stasia se sintió extrañamente ofendida porque AR no se había molestado en aprender el nombre de Owen. Si quería saber algo, lo sabía. «Su nombre es Owen. ¿Quién diablos es Gibson?».

Owen habló. «Mi jefe».

«Un amigo», agregó AR. «Sabía que no confiarías en uno de mis hombres tan cercano a ti. Owen no me informa, ni tus idas y venidas, ni tu trabajo, nada más que amenazas directas a tu seguridad. Te conozco, Stas, dame un poco de crédito».

Ella realmente no quería. Pero AR había pensado en esto. No era como si pensara que se trataba de una gran conspiración entre AR y Owen para observar cada uno de sus movimientos. Agradeció que su hermano hubiera pensado en sus sentimientos.

Acercó la tableta y se desplazó a través de las imágenes. Allí estaban los ladrillos blancos reveladores de su edificio. Y allí estaba Gramercy Park. Era donde tenía su vida.

Un escalofrío amenazó con apoderarse de ella y sus dedos empezaron a temblar. Owen dio medio paso más cerca de ella, como si sintiera su inquietud. Extrañamente, eso la hizo sentir un poco mejor.

«¿Dijiste que esto se resolvería en una semana?». Su voz no temblaba. Ella no sonaba asustada. Bien.

«Eso espero. Mis investigadores son buenos. Si se alarga más de una semana, lo reevaluaremos».

No le gustaba la idea de que la investigación se alargara, pero tenía que reconocerlo. «¿Esto es peor que Bermeja?». Esperaba que *ese* hubiera sido el peor ataque de su vida, y como después tuvo que replantearse toda su carrera, no quería volver a experimentarlo.

Una mirada oscura cruzó el rostro de AR. «Te pusieron las manos encima».

«No quiero volver a desarraigarme de mi vida». Había logrado un camino, una misión. Todo eso ahora se había perdido.

«Me aseguraré de que eso no suceda. Nos gusta que

estés aquí en Nueva York». Lo dijo con tanta convicción que ella casi le creyó. Entonces su tono cambió a algo falsamente alegre. «Vas a venir a la fiesta de cumpleaños, ¿verdad?».

«¿No puedo fingir un intento de secuestro para salir de eso? ¡He visto a la niña una sola vez!». ¿Qué hay con la fiesta de cumpleaños de la pequeña? ¿Qué niña querría adultos y adultos y sin hijos pasando el rato a su alrededor?

Su hermano se rió, sin mostrar piedad. «Es nuestra hermana. Y tú cuentas con un guardaespaldas».

«Media hermana». Se volvió hacia Owen con una mirada amarga. «Estás despedido».

Esa declaración hizo reír a su guardaespaldas.

«No será tan malo», trató de tranquilizarla AR.

Stasia ya había recorrido este camino antes. «Ya veremos...». Entonces su mente se enganchó en una preocupación que había estado filtrándose por un tiempo. «¿Me persiguen por algo que esté haciendo la compañía? ¿Debería saber algo?».

«No dejaremos que te lastimen», prometió.

Esa no era una respuesta, y cuando ella y Owen se fueron, no pudo evitar preguntarse qué escondían su hermano y el Grupo Selby.

7
CAPÍTULO SIETE

¿No era ese un requisito de la gente rica en este tipo de lugares? Los paneles de madera de cerezo le daban a toda la habitación una sensación de viejo mundo que no concordaba con lo que Owen había observado en la médica. Y oscurecía la habitación, a pesar de que la luz del sol entraba por las ventanas. Tres lámparas brillaban intensamente para combatir la oscuridad, y todavía había focos de sombra alrededor de la habitación.

A juzgar por el escritorio, la biblioteca funcionaba como la oficina de Stasia, pero los dos grandes sofás la convertían en un lugar decente para tener una reunión con el equipo de seguridad. Esta era la primera vez que Owen se reunía oficialmente con alguien que no fuera Peters, y quería asegurarse de que ellos fueran justo lo que Stasia necesitaba para mantenerla a salvo.

Peters tenía como respaldo a Doug Griffin, Rene Beaufort, Russ Hill, Jessie Morgan y Cathy Rivera. El equipo de seis personas trabajaba en tres turnos con horas superpuestas, por lo que cuatro personas estarían vigilando a Stasia durante las horas centrales de ocho de la mañana a ocho de la tarde. Al parecer, Stasia no era del tipo que salía mucho entre semana, por lo que la cobertura nocturna era menor que la diurna.

Por la forma en que se sentaba el equipo de vigilancia, Owen estaba dispuesto a suponer que la mitad de ellos eran exmilitares: Beaufort, Morgan y Rivera. No estaba seguro de los demás. Su atención seguía enganchándose en Hill.

Russ Hill probablemente tenía la edad de Owen, tal vez un poco más, y tenía el tipo de buena apariencia estadounidense que hacía que la gente se sorprendiera mucho cuando un hombre resultaba ser un asesino en serie. No es que Hill lo fuera.

Probablemente no.

Pero capturó la atención de Owen, y todavía seguía sin sabía por qué. ¿Habían servido juntos? ¿Habían ido juntos a la escuela? ¿Se habían subido juntos en el metro? Su mente estaba atrapada en el rompecabezas, que solo lo hizo escuchar a medias a Peters mientras repasaba los protocolos que se suponía que Stasia debía seguir.

«Estarán en contacto conmigo durante las horas centrales», les decía Peters, «y luego Rivera o Griffin durante sus turnos. ¿Alguna pregunta?».

Stasia se sentó en su escritorio y se reclinó en la silla, pensando por un momento antes de negar con la cabeza. «Agradezco que estén aquí para ayudarme. Intentaré que esto sea lo menos doloroso posible para ustedes».

Eso habría arrancado un sonido a Owen si no hubiera estado todavía enganchado con Hill. No le caía bien ese tipo y no sabía por qué. Pero como Stasia no tenía preguntas, la reunión terminó. El equipo de vigilancia se levantó y comenzó a salir de la habitación.

¿Necesitaba Owen mencionar su inquietud acerca de Hill? ¿O estaba en alerta máxima y exageraba?

Hill llegó a la puerta y miró por encima del hombro, su rostro se veía medio oscurecido por una de las sombras profundas de la habitación. Verlo así fue suficiente para desencadenar un recuerdo oscuro en Owen, uno que nunca podría olvidar.

¿Cómo podría una persona olvidar la noche en que su vida había cambiado para siempre?

Bosque denso. Sombras más densas. Antorchas parpadeando en una ligera brisa, iluminando apenas el claro a su alrededor. Era como algo salido de un antiguo cuento de hadas. La Selva Negra, magia maligna, sellos aterradores excavados en árboles viejos y el olor a descomposición en el aire.

En un momento Owen se dirigía de regreso a la base, al siguiente se despertó, atado con una cuerda gruesa y apenas capaz de moverse.

Había pintura roja (esperaba que fuera pintura) sobre sus brazos desnudos y su pecho, y la losa de madera debajo de él se sentía gastada por años de uso.

Al principio apenas podía distinguir las formas en el borde de la luz, y luego estuvo seguro de que eran demonios enviados para arrastrarlo al infierno. Owen nunca había sido más que casualmente religioso. Hasta ahora. Ahora, rezaba a todos los santos para que lo salvaran.

Pero nadie venía.

En las sombras, vio una forma que vestía la piel de un animal gigante, con cabeza y todo, como una túnica. Había otras figuras vestidas con pieles, pero intercaladas con ellas había gente de aspecto normal, hombres y mujeres de uniforme sosteniendo armas de fuego.

El flashback regresó a Owen y se sacudió en su asiento, apenas logrando contener el grito ahogado.

«¿Estás bien?», preguntó Stasia.

«Bien». ¿Cómo se suponía que iba a responder a eso? *Creo que uno de su equipo de vigilancia me secuestró hace dos años y me convirtió en un hombre lobo.* Sí, no ocurriría. Ya empezaba a dudar del recuerdo. ¿Por qué Russ Hill habría estado allí? ¿Y por qué un tipo que tenía algo que ver con los rituales secretos de los hombres lobo alemanes estaría protegiendo a una heredera en Nueva York?

Por otra parte, cualquiera podría preguntarse por qué un hombre lobo estaría protegiendo a una heredera de Nueva York. Todo lo que Owen podría decir sería que el mercado laboral era extraño.

«¿Conocía a su equipo de seguridad antes de hoy?». No estaba dispuesto a descartar ese recuerdo como una fantasía. El hecho de que no pudiera pensar en una razón por la que Hill hubiera estado en Alemania no significaba que no la hubiera.

Ella sacudió su cabeza. «No, son gente de mi padre. ¿Debería preocuparme?».

«No. Estoy seguro de que está bien». Tenía que

pensar más antes de decir algo sobre Hill. Acusarlo sin más información podría abrir una lata de gusanos con la que no estaba listo para lidiar.

Probablemente necesitaba hablar con Gibson.

Pero Stasia tenía los dientes apretados y no quería dejarlo pasar. «¿Lo está? Parece que has visto un fantasma».

Por supuesto, ella era del tipo que no podía dejar pasar algo así. Pero no quería que ella se concentrara en eso, y ciertamente no podía explicar a los hombres lobo. Aún no. No a ella.

Era el momento de cambiar de tema. «¿Qué quiso decir su hermano cuando mencionó Bermeja? Eso está en el Caribe, ¿no? Mi archivo dice que vivió allí un tiempo. ¿Qué era, una médica de un centro turístico o algo así? ¿Disfrutando la vida?».

Ella se levantó de la silla y dio un paso hacia él con sus ojos grises llenos de indignación. «¿Perdón?».

Había dicho algo mal. Podía sentirlo. Pero ahora ya no había vuelta atrás. Y una parte de él quería ver cómo lucharía ella. Parecía una buena compañera de entrenamiento. «Su hermano dijo que le pasó algo en Bermeja». Se apartó de la pared en la que había estado apoyado y se acercó a ella.

Ella no retrocedió. En todo caso, su presencia avivó su fuego. «Casi me secuestran, pero no se acercaron tanto como el tipo de ayer». Lo dijo con el tipo de indiferencia que surge después de recitar una historia terrible una y otra vez. «Y yo estaba brindando apoyo médico después de que uno de los hospitales de la isla fuera destruido por el huracán Charles hace unos años. Me temo que no había mucho tiempo para tomar Mai Tais en la playa».

«Oh». Debía haber leído el archivo más profundamente. Y debería haberlo hecho de nuevo después de conocerla. Nada en la mujer a la que había estado siguiendo todo el día coincidía con la imagen que había dibujado en su cabeza. Necesitaba dejar de juzgarla contra lo que esperaba.

Pero ahora Stasia estaba en racha. «Lo entiendo. Crees que soy una princesa malcriada con demasiado dinero y un papá listo para barrer y resolver todos los problemas».

Ella estaba buscando pelea, y el impacto de ver a Hill, de ese flashback, todavía estaba fresco en su mente, manteniéndolo nervioso. Owen sabía que debía reducir la tensión, pero estaba justo al límite y quería más.

Pasó la mano por la madera de cerezo de uno de los estantes. «Esta casa, seguro lo dice. ¿Cuánto ha costado? ¿Tres, cuatro millones?». Compartía un piso con Andre en Queens, e incluso allí el alquiler era asqueroso.

Ella sacudió su cabeza. «No voy a defenderme de ti».

De alguna manera habían terminado parados juntos. Todo lo que Owen tenía que hacer era estirar la mano y acercar su cuerpo al suyo antes de cubrirle la boca con los labios y darle el beso abrasador que se merecía.

Ella estaba pensando lo mismo. Sus ojos se posaron en sus labios y luego volvieron a encontrarse con los de él. ¿Era un desafío lo que veía? ¿O le dolía demasiado entender esto correctamente?

Su lobo gemía y arañaba el interior de su piel, rogándole que la tomara, que la hiciera suya. Quería que ella llevara su marca, quería que todos supieran que ella le pertenecía. Era primitivo y posesivo y nada parecido a lo que Owen había sentido antes.

Lo aterrorizaba y, sin embargo, no podía retroceder.

Stasia levantó una mano, a solo dos centímetros de su pecho. Se apoyó contra él y pudo sentir su corazón latiendo contra su palma.

Su lengua salió disparada y humedeció sus labios. Esto estaba ocurriendo. Nada en el mundo era lo suficientemente fuerte como para separarlos.

Nada excepto la buena doctora en persona.

Apartó la mano y dio dos pasos para estar a medio camino de la puerta de la biblioteca. «Ha terminado mi noche. No más escapadas. Puedes dormir en la habitación de invitados».

Ella estaba huyendo. Podía sentir el calor golpeando entre ellos. Ella lo deseaba tanto como él la deseaba a ella. Pero ella estaba huyendo.

Y su lobo estaba ansioso por perseguirla.

8
CAPÍTULO OCHO

¿Se había vuelto loca? En la hora transcurrida desde la reunión con su equipo de seguridad, Stasia se había estado escondiendo en su habitación. Podía fingir que era la habitación más segura de su casa, pero no estaba segura de que eso fuera exacto. Y definitivamente no era cierto.

Se estaba escondiendo de Owen.

Todavía podía sentir el calor de su cuerpo en su mano, la huella de su piel y músculos, incluso si hubiera estado su camisa entre ellos. Y ahora todo lo que podía imaginar era cómo se sentiría si esa camisa no estuviera allí. ¿Estaría tan tonificado como ella imaginaba? ¿Tendría vello en el pecho para que sus dedos jugaran? ¿O sería todo suave y elegante?

Pensar en eso la iba a volver loca. Todo eran solo hormonas y calentura reprimida. No había tenido sexo desde... oh, Dios, no podía recordar la última vez que había tenido sexo. Ella no era exactamente del tipo cariñoso y sus relaciones no eran fáciles. ¿Y ligues de una noche? No, gracias. Necesitaba conocer a sus compañeros de cama.

No conocía a Owen, pero eso no parecía importarle a su cerebro... ni a sus partes femeninas.

La ducha se abrió, y ella podía imaginar cómo se vería Owen desnudo bajo el chorro de agua caliente. Pero ella no iba a hacerlo. Él era su empleado. Eso era escalofriante. Había una dinámica de poder que no se podía evitar.

Y *eso* era un montón humeante de excusas de mierda que Stasia estaba segura de que se disolvería la próxima vez que lo viera.

Pero con Owen en la ducha, significaba que podía escabullirse escaleras abajo sin correr el riesgo de verlo.

Eso era bueno. Si él pudiera ser su sombra invisible durante la próxima semana, eso sería absolutamente *maravilloso*. Su vida estaba fuera de control y también sus hormonas, y necesitaba controlar algo.

Cena. La cena era algo que ella podía controlar.

Se sintió como una prisionera en su propia casa cuando se detuvo en la puerta de su dormitorio y escuchó atentamente para asegurarse de que el agua seguía corriendo. Así era. Esperaba que a Owen le gustaran las duchas largas. Ni siquiera le incomodaría el gasto del agua caliente.

¿Realmente lo había tocado?

¿En realidad casi se habían besado?

Stasia no podía quitárselo de la cabeza y seguía

flexionando la mano involuntariamente, como si eso fuera a hacer desaparecer el recuerdo de su cuerpo.

Sabía de muchas historias de mujeres que conocía que se enredaban en aventuras con sus guardaespaldas. No era exactamente inaudito. Pero se sentía tan estereotipado. La pobre niña rica es amenazada. Un hombre grande, fuerte y sexy se abalanza para protegerla. Caen juntos en la cama y terminan con un montón de emociones desordenadas.

No, gracias.

Comió algunas sobras y trató de sacar a Owen de su mente, incluso cuando se le ocurrió que tendría que alimentar al hombre. Sacó un bloc de notas adhesivas de un cajón y pegó uno en el refrigerador después de indicarle a Owen que comiera lo que quisiera.

Una vez cumplidos los deberes de anfitriona, se sentó en la pequeña mesa de la cocina y contempló qué hacer durante el resto de la semana. Tenía programados dos turnos más de voluntaria en la clínica, pero no podía llevar su mierda allí. Envió un correo electrónico a su supervisor y le hizo saber que no iría en la semana.

Eso. Horario despejado.

¿Qué tan triste era eso?

Luna esperaba ya no verla y no podía pensar en otros amigos a los que necesitaba llamar. ¿Y sus hermanos? Apenas se veían. A la única que veía con cierta regularidad, además de AR, era Emerald, pero probablemente en este momento, su hermana menor estaría viviendo en alguna ciudad lejana.

Stasia se limpió y escuchó, satisfecha de que el agua siguiera corriendo. Podría escabullirse arriba.

Odiaba estar escondida y se arrepintió de haber prometido no volver a huir. Pero tenía que ser una niña grande y lidiar con eso. Él se estaba quedando en su casa; eso significaba que se verían.

Stasia respiró hondo para tranquilizarse. Un poco de lujuria no era nada. Seriamente. Tan sólo tendría que dejar de lado los pensamientos sobre Owen y lidiar con eso.

Pero mientras subía los escalones, se dio cuenta de que el agua había dejado de correr. Trató de decirse a sí misma que no importaba. Estaba en el baño, ella no necesitaba verlo.

La puerta del baño estaba abierta.

Owen se paró frente al espejo, con la toalla colgando precariamente alrededor de sus caderas.

Stasia se detuvo en seco. No es que fuera su intención. Sabía que lo correcto era seguir adelante. Pero ningún poder en el universo podría haberla forzado a avanzar en ese momento.

Riachuelos de agua goteaban de su cabello oscuro y trazaban un camino sobre sus músculos y la ligera capa de vello sobre su pecho reluciente. Su lengua se curvó en su boca, esforzándose y desesperada por lamer el agua.

Owen se dio la vuelta y la atrapó mirándolo fijamente, su boca se elevó en una sonrisa lobuna. ¿Sus dientes siempre habían sido tan afilados? ¿Y cuándo sus ojos se habían vuelto amarillos? ¿No eran marrones?

Estaba tan lejos que no debería haber podido ver sus

ojos, pero eso no importaba en ese momento. Stasia se sintió atrapada, presa aturdida por un depredador, sin posibilidad de escapar. Era una locura. Intensa. Demasiado.

«¿Disfrutando la vista?», preguntó Owen. Utilizó una toalla de mano para limpiarse el pecho y Stasia tuvo que morderse el interior de la mejilla para no reaccionar. El calor se enroscó profundamente dentro de ella y quería acercarse, quería que Owen calmara el dolor que estaba provocándole.

Necesitaba tomar el control de esta situación. No iba a saltar sobre los huesos de Owen, y sería más fácil mantenerse fiel a ese voto si no lo miraba. «¿No puedes mantener la puerta cerrada?». ¿En serio? *¿Esa* era su brillante respuesta?

Owen se rió sombríamente, y se sintió como una caricia contra sus lugares más privados. Si podía hacer eso con un sonido, estaba aterrorizada de pensar en lo que podría hacer si ponía sus manos sobre ella.

«¿Necesita ducharse?», preguntó. Él inclinó la cabeza hacia atrás, como si la invitara a entrar al baño, invitándola a unirse a él en la ducha.

«Yo tengo el mío propio». Y ella tuvo que aferrarse a eso. No iba a hacer nada con Owen. Estaba en su casa para protegerla, no para meterse en sus pantalones. Ella no iba a cruzar esa línea. No era justo para él.

No importa cuánto su cuerpo le gritara que actuara.

«Estaría encantado de ayudar». La sonrisa lobuna se volvió aún más depredadora. La habría asustado si no fuera tan sexy. «Es mi trabajo mantenerla a salvo».

De alguna manera, su recordatorio era el cubo de hielo que necesitaba, incluso si los recordatorios que había estado pensando para sí misma no sirvieran de nada. Owen era su guardaespaldas. Estaba haciendo su trabajo. Su trabajo no era ser su gigoló.

«Hay comida en la cocina», murmuró antes de salir corriendo a su habitación.

Odiaba seguir huyendo de él, pero tenía miedo de saber qué sucedería en el momento en que se detuviera.

9
CAPÍTULO NUEVE

Owen respiró hondo mientras observaba a Stasia alejarse. La necesidad de perseguirla latía en su corazón, y tuvo que agarrarse con fuerza a la toalla para evitar salir tras ella, como si eso fuera lo suficientemente resistente como para clavarlo en su lugar.

Su lobo quería arrancarse la piel y abordarla, tomarla, reclamarla hasta que entendiera que era *suya*. Y él no sabía cómo lidiar con eso. ¿Desde cuándo su lobo se preocupaba por las mujeres que quería?

Su pareja.

La palabra era áspera, no del todo humana, y definitivamente no sonaba como Owen. No estaba seguro de si lo había dicho en voz alta o en su mente, pero le dio vueltas, un concepto demasiado grande para que lo ignorara. Había intentado investigar sobre hombres lobo, pero sus opciones eran limitadas. Aún así, Owen había encontrado la palabra antes. ¿Sería real? ¿Sería posible?

Si su lobo tenía algo que decir al respecto, lo era. Pero

Owen no estaba convencido de que su "lobo" fuera algo más que su imaginación tratando de lidiar con algo fuera de lo normal. Era un tipo sencillo. No se volvía posesivo, especialmente no por una princesa con la que solo iba a estar una semana.

¿Y qué clase de truco era ese? ¿Acicalarse frente a ella con solo una toalla? ¿Lanzar comentarios sexuales como si tuviera derecho? Podrían despedirlo por eso y se lo merecería.

Tenía que recuperar el control.

Owen cerró la puerta de un portazo y se estremeció ante el sonido que hizo contra la vieja madera de su casa. No se suponía que tuviera superfuerza, pero estaba empezando a pensar que sabía exactamente una mierda sobre lo que significaba ser un hombre lobo.

Se agarró a los bordes del tocador de porcelana y respiró hondo, tratando de centrarse. Levantó la cabeza y se miró en el espejo.

Sus ojos eran lobunos, cambiados a un tono dorado muy diferente de su marrón normal. Owen cerró los ojos con fuerza y volvió a mirar, como si eso fuera a desvanecerlo. Pero no, seguían siendo de oro. Abrió la boca para comprobar sus dientes. ¿Estaban extra afilados? No estaba seguro.

Y ese era otro problema. Lobo y hombre eran estados binarios. Él era un hombre. Él era un lobo. No había un punto medio, excepto en los momentos del turno. Una de las primeras cosas que él y sus compañeros lobos intentaban hacer cuando cambiaban por primera vez era invocar sus garras, como si fueran personajes de historietas.

No había funcionado. Todo lo que Owen obtuvo por sus esfuerzos había sido un dolor de cabeza.

Tal vez habían comenzado demasiado grandes.

Pero Owen no quería garras ahora. Cerró los ojos una vez más y se concentró en su humanidad. Respiró hondo y pensó en pensamientos humanos: pulgares, cerveza, iglesia. Ningún lobo había sido arrastrado jamás a la Escuela Dominical.

Funcionó. Cuando abrió los ojos, estos volvían a tener un color marrón tranquilizador, y sus dientes parecían eso, dientes.

Evitó la crisis y se secó lo más rápido posible, forzándose a ignorar su verga. Tenía qué hacerlo. Su trabajo dependía de ello.

Y posiblemente su humanidad.

¿Necesitaba disculparse con Stasia?

Owen no estaba seguro de lo que ella querría y no quería empeorar las cosas. Casi lo había besado en la biblioteca, estaba seguro de ello.

O tal vez ese era su lobo sintiendo cosas que quería ver.

Improvisaría. Y se comportaría. No más negocios divertidos.

Por supuesto, su determinación se puso a prueba en el momento en que salió del baño. Su lobo tiró de él hacia la puerta cerrada de Stasia, pero Owen se resistió, luchando contra la fuerza hasta que estuvo a salvo en su propio dormitorio.

No era mucho: una cama tamaño matrimonial, un armario y una pequeña ventana que daba al parque. Mucho más tranquilo que cualquier cosa en su apartamento. Apenas podía escuchar el ruido de la ciudad. Casi podía fingir que estaba de vuelta en la granja de Gibson.

Y tal vez Gibson era exactamente lo que necesitaba. Owen sacó su teléfono y marcó.

«¿Pasa algo malo?». Gibson ladró tan pronto como se conectó la llamada.

Owen arrugó la frente. «¿Malo? ¿Por qué?». Necesitaba un consejo, había llamado a Gibson, así funcionaba esto. Gibson era su... jefe. Rehuían la otra palabra que usaba toda la ficción de hombres lobo.

«Ya te registraste».

«Eso fue hace unas horas. Llamo para informarte que establecimos una rotación con el equipo de vigilancia y la clienta accedió a la guardia durante una semana». Ahora que estaba hablando, se preguntó si realmente necesitaba hablar sobre el resto. Había tenido un momento de locura. Le pasaba a todo el mundo. Realmente, ahora se sentía bien.

Pero Gibson tenía algún poder mágico para sentir cuando Owen estaba evitando cosas. «Sé todo eso. ¿Qué está pasando, Myers?».

Se sintió raro mencionarlo. Gibson era como el padre de su pequeño grupo y Owen nunca había hablado con sus padres sobre sexo. Eran una buena familia católica. Ignoraban esa mierda hasta que les explotaba en la cara, como Dios manda. Estaba bastante seguro de que sus padres todavía pensaban que era virgen.

Pero Gibson no era su padre. Tenía que decírselo. «Mi lobo se siente raro». Todos le informaban a Gibson de extrañas tonterías de hombres lobo cuando sucedían.

«¿Tu lobo? ¿Qué significa eso?». No había ningún juicio, solo confusión.

«Sabes lo que quiero decir, hombre. El tipo peludo dentro de mí. Cuatro patas. Aúlla a la luna». Owen se dio cuenta de que podría haber estado hablando lo suficientemente alto como para que Stasia lo escuchara y bajó la voz. *No* quería que su pare..., su clienta, escuchara esta conversación.

«¿Piensas en ello como una entidad separada?». Podía imaginar a Gibson anotando todo esto en un portapapeles como si Owen fuera un espécimen fascinante.

«No, por lo general. Pero hoy realmente me siento así. ¿Es eso normal?». Esperaba que Gibson tuviera respuestas. No era como si el mayor tuviera más experiencia con los hombres lobo que el resto de ellos, pero a veces se sentía así. Tenía ese tipo de presencia.

Gibson soltó una carcajada. «Somos hombres lobo. Dejamos atrás la normalidad hace mucho tiempo».

«Hay algo sobre...». No quería decir el nombre de Stasia. Su lobo quería protegerla con saña y alejar a cualquiera de ella. Era *suya*. Pero sólo la había conocido por un día. ¿Y si Gibson pudiera explicar lo que estaba pasando? ¿Y si pudiera arreglarlo?

«¿Sobre qué?».

Tenía que decirlo. Ella era su clienta. Gibson era su jefe. Y no iba a mentirle. «La clienta. Stasia... em... la Dra.

Nichols». Generalmente, no se hablaban por su nombre de pila con sus clientes, y Owen esperaba que su desliz no fuera tan notorio.

Aparentemente no lo había sido. A veces valía la pena ser demasiado alegre e informal. «¿Que hay con ella?».

¿Cómo se suponía que iba a explicarlo? Ni siquiera podía entenderlo él mismo, y estaba asentado en su propio cerebro. «Mi lobo... yo... ella es muy atractiva».

«Ella no es la primera mujer sexy que has necesitado proteger. ¿Es esto algo más?». Había algo en la voz de Gibson que hizo que Owen se sintiera receloso, como si Gibson supiera algo que Owen no sabía y no le había dicho. Por alguna razón.

«No sé». Trató de recordar a sus otras clientas, pero todos palidecían en comparación con Stasia. Bien podrían no haber existido nunca.

«¿Necesitas que te quite de este servicio?».

Su lobo cobró vida dentro de él ante la idea. ¿Renunciar a Stasia? Nunca. «No», gruñó.

«Myers», advirtió Gibson, surgiendo un poco de su propio rugido de lobo.

Eso fue suficiente para que Owen tomara un respiro. «Estoy bien. Lo prometo». Nunca le había gruñido a Gibson, ni a *nadie* antes, especialmente no en forma humana. Eso tenía que ser malo. ¿Qué tenía de especial Stasia? ¿Por qué no podía controlarse a sí mismo?

Gibson le tomó la palabra. «Contáctame si algo cambia. Necesitamos hacer un seguimiento de lo que hacen nuestros lobos. Somos los únicos hombres lobo en el universo. No hay un libro de reglas para esto».

Eso era cierto. La serie de *"Lobo Adolescente"* no había hecho mucho para enseñarle a Owen lo que significaba ser un lobo. Gibson desconectó y Owen se dio cuenta de que estaba tan absorto en sus emociones acerca de Stasia que se olvidó de mencionar a Hill.

Mierda.

Consideró volver a llamar a Gibson, pero se detuvo. No tenía pruebas de que Hill hubiera estado allí esa noche. Todo lo que tenía era la mitad de un recuerdo y una sensación de presentimiento. Con su lobo alterado, no quería darle a Gibson más motivos de preocupación.

¿Eran los únicos hombres lobo que existían?

Su mente se atascó en lo que dijo Gibson, y tuvo que preguntarse. Habían sido convertidos en hombres lobo deliberadamente... por alguna razón. Presumiblemente, quienquiera que haya hecho el giro sabía que sucedería. Entonces, ¿era la primera vez? ¿O había otros grupos de personas corriendo por ahí pensando que *eran* los únicos hombres lobo en el planeta?

¿Y si hubiera hombres lobo que no fueran creados por magia? Ninguno de los libros y programas de televisión funcionaba de esa manera. ¿Las mordeduras de hombre lobo eran contagiosas? Todos se lo preguntaban, pero no había forma ética de probarlo.

Centrarse en los misterios de su existencia lo volvería más loco que su deseo por Stasia. Pero necesitaba respuestas sobre al menos uno de los misterios de su vida, o temía que su lobo le arrancara la piel y comenzara a buscar respuestas él mismo.

10
CAPÍTULO DIEZ

Stasia tenía que dejar de pensar en Owen de forma sensual. Su cuerpo estaba más cachondo que nunca, y su mente seguía inventando esquemas para que estuviera bien salirse con la suya con él. Ella no hacía cosas así. No *pensaba* en cosas así.

Y, sin embargo, se había despertado jadeando, ¡dos veces!, mientras soñaba con lo que Owen podría hacerle.

Ese hombre parecía tener una lengua malvada y ella quería saber si era verdad.

Tenía que olvidarse de esos sueños y especulaciones linguales. Era su empleado, su guardaespaldas, incluso si ella no pagaba por él, no se iba a aprovechar. No estaba segura de cuántas veces tuvo que repetirse eso para que la resolución se mantuviera. ¿Diez mil? Tal vez el número no existía.

Estaba jodida.

Y no por Owen.

Pasó la mañana haciendo todo lo posible por igno-

rarlo. La mañana comenzó con yoga y un desayuno saludable e ignorando que Owen estaba justo al final del
pasillo. Después del desayuno, revisó algunos papeles
que su contador le había enviado con respecto a las
donaciones caritativas del mes.

Y luego se quedó sin cosas que hacer.

Stasia odiaba aburrirse. Prosperaba en la sala de
emergencias, rodeada por el caos de dolor y sanación. En
una mañana como esta, podría patearse a sí misma por
dejar su último hospital. Había sonado muy noble, sacrificar su puesto en lugar de perder a otro médico o a
algunas enfermeras por recortes presupuestarios.

Pero necesitaba averiguar qué hacer a continuación.

Seguro que alguna otra sala de urgencias de la ciudad
necesitaba un médico. No es que ella fuera a aplicar
cuando alguien estaba tratando de secuestrarla. Pero era
hora de que su nombre volviera a salir a la luz.

Incluso si no estaba segura de que eso era lo que
quería hacer con su vida.

Esa era la parte de la renuncia en la que no pensaba
demasiado. Sí, prosperaba en el caos, pero odiaba la política hospitalaria. Sacrificar su trabajo para salvar el
sueldo de otra persona no había sido un acto totalmente
desinteresado.

Pero, ¿cuáles eran sus otras opciones? ¿La práctica
privada? ¿Otro viaje humanitario? La escuela de medicina no la había preparado para esta crisis profesional.

O tal vez ella había ignorado cualquier ayuda que
pudiera ofrecerse. Su padre siempre la *había* llamado
demasiado independiente para su propio bien.

Salir de su oficina significaba ver a Owen, pero pensar en el futuro de su carrera fue suficiente para volverla loca. Preferiría tratar con el guardaespaldas en este momento.

Su casa era grande para los estándares de Nueva York, pero eso no la hacía realmente grande. Cada vez que salía de una habitación, Owen estaba allí. Claro, era su trabajo, pero eso no lo hacía menos molesto.

¿Por qué había accedido a esto?

Ella ordenó por un rato. Normalmente hacía que alguien viniera a limpiar una vez a la semana, pero eso era otra cosa que había que cancelar una vez que estaba en peligro. Confiaba en el servicio que había contratado, pero era un punto de infiltración tan obvio que canceló el servicio de esta semana antes de que Owen apareciera. No estaba completamente ajena al problema que la perseguía.

Pero Stasia ya tenía todo relativamente limpio y no había mucho que arreglar. Y Owen estaba *justo allí*.

Se dio por vencida. No podía ignorarlo, y ella no podía hacer que las tareas aparecieran de la nada. Se volvió hacia Owen, que estaba sentado en uno de los sofás de la biblioteca. «¿Quieres ver algo?». Cogió el control remoto y presionó el botón para abrir el gabinete donde su televisor estaba discretamente guardado.

Él se sobresaltó por su reconocimiento. «Pensé que vendría aquí a leer».

Stasia se sintió extrañamente a la defensiva. «Miro la televisión. Soy una persona normal».

Owen inclinó la cabeza hacia un lado y le dirigió una

mirada evaluadora. «Nunca antes había conocido a una persona normal como usted».

«¿Que se supone que significa eso?». Stasia se sentó al otro lado del sofá. No quería sentarse a su lado si iba a ser malo, pero sí quería mirar la pantalla.

Señaló su mención con los dedos. «Padre multimillonario. Nueve medios hermanos. Carrera *real* a pesar de ser una niña rica. Misión humanitaria. ¿Debería continuar?».

No podía decir si él estaba tratando de insultarla o felicitarla. Si no hubiera tenido el día anterior para continuar, habría tomado los últimos fragmentos como un cumplido. No sabía cómo manejarlo si iba a ser amable. Podía manejar sus bromas antagónicas. Pero sus rodillas se debilitarían si resultaba ser decente.

Y ella estaba tratando de ignorar sus sentimientos.

Owen sonrió mientras ella se quedaba callada y sus ojos comenzaron a brillar. ¿Estaba realmente tan alegre? ¿Lo había interpretado mal? Sería bastante fácil de ignorar. Todo lo que Stasia tuvo que hacer fue encender el televisor y terminar la conversación.

Pero no pudo. «Entonces, ¿cuál es tu historia? No pareces un guardaespaldas». Todos los guardaespaldas que había contratado eran muy profesionales, todo el tiempo. Un buen rasgo en alguien que intenta mantenerla a salvo, pero no exactamente memorable. Sin embargo, había algo en Owen, algo que la hacía desearlo físicamente y sentarse a su lado para ver la televisión.

Dejó escapar un suspiro e hizo una mueca. «Ese *no* era el plan».

¿No era así como era la vida? Pero ahora que la había probado, quería saber más. «Sé un par de cosas sobre el cambio de planes. ¿Cuál fue el tuyo? ¿Originalmente?».

Apoyó el brazo en el respaldo del sofá y pasó los dedos por el cuero rojo. Una parte de él siempre parecía estar en movimiento. «Ejército por un tiempo. Realmente no pensé mucho más allá de eso».

Lo miró, *realmente* lo miró, e intentó imaginárselo vestido de uniforme en un campo de batalla en alguna parte. No encajaba. «¿Carrera completa?». Por otra parte, no siempre parecía encajar en los lugares en los que quería estar.

Pero él sacudió su cabeza. «No iba a llegar tan lejos».

Stasia se volvió más hacia él y colocó el mando a distancia sobre la mesa auxiliar. «¿Cuánto tiempo has estado fuera?».

Una mirada oscura pasó por su rostro tan rápidamente que ella no estaba segura de haberla visto realmente. «Dos años».

«No parece que lo hayas planeado». Pero tal vez Owen no era un planificador, tal vez sólo dejaba que las cosas sucedieran.

«No lo hice».

«¿Quieres contarme qué pasó?». Ahora que estaba preguntando, estaba desesperada por saber. Podía sentir un secreto escondido debajo de la superficie y quería conocerlo, capa por capa, hasta que lo supiera todo.

Él movió las cejas y sonrió. «Se lo diría, pero luego tendría que matarla».

«Pensé que se suponía que debías protegerme».

Emitió un sonido retumbante desde el fondo de su garganta que le provocó algo a Stasia, cosas en las que no se le permitía pensar. ¡Peligro! ¡Peligro! Lanzó otra pregunta, desesperada por un salvavidas fuera del territorio del coqueteo. «¿Te gusta Nueva York? ¿Incluso vives en Nueva York regularmente?».

Su dedo se hundió en una de las muescas del sofá y rodeó uno de los botones decorativos. Stasia trató de no imaginar cómo se sentirían sus dedos contra su piel. «La empresa tiene su sede en Nueva York. Vivo en Queens. Me crié en Jersey. Está bien».

Bien. Algunas personas decían que Nueva York era la ciudad más grande del mundo. Stasia estuvo de acuerdo con la evaluación de Owen. Estaba bien. Era donde ella vivía. Pero al igual que con el futuro de su carrera, no estaba segura que fuera el lugar donde quería quedarse.

«¿Qué la hizo querer ir a Bermeja?», preguntó Owen.

La pregunta la tomó desprevenida. Su padre y AR la habían regañado, exigiéndole que no fuera. Em había insistido en que ella tenía que ir, solo para convencerlos. Pero nadie había querido saber por qué. «Vi la devastación del huracán Charles y supe que tenía que ayudar. Siempre quise ingresar en medicina de emergencia y quería ir a algún lugar que realmente necesitara ayuda. El sucio secreto de muchas misiones humanitarias es que necesitan personas con dinero para hacer que las cosas funcionen. Tenía todas las calificaciones y tengo la cuenta bancaria donde podía permitirme hacerlo. Así que me fui. Y por más locas, duras y terribles que fueran las condiciones, me encantaba hacerlo. Ayudar a la gente así. Me sentí casi como si estuviera hecha para hacerlo».

«¿Qué quiere decir con eso?». Estaba inclinado más cerca, como si su historia lo hubiera atraído.

Stasia prácticamente podía sentir la arena en el aire del hospital improvisado en el que había estado trabajando. La reconstrucción parecía no terminar nunca y una fina capa de polvo cubría todas las superficies. «Pensar sobre la marcha. Improvisar. Simplemente hacer que funcione. Realmente me hizo probar mis habilidades hasta los límites más extremos de lo que aprendí y escuchar a personas que no habían asistido a una escuela de medicina súper elegante que tenía cualquier pieza de tecnología que una persona podría esperar».

El recuerdo del olor del lugar fue borrado por el olor del jabón de Owen. ¿Cuándo se había acercado tanto? ¿Se había acercado *ella*? Debía ser; ambos estaban inclinados hacia el centro del sofá, unidos como si estuvieran atrapados en las órbitas gravitatorias del otro.

«¿Y qué pasa con los otros médicos?», preguntó, sus dedos lo suficientemente cerca como para tocarla si se estiraba un poco. «¿Conoció a un lindo humanitario que quería salvar el mundo con usted?».

Stasia apenas podía imaginarlo. «Estábamos demasiado ocupados para eso. Y, bueno. Así soy yo». Se las había arreglado para tener exactamente una sola amiga en toda su carrera médica, y esa amiga estaba a punto de abandonarla por tomar otro trabajo.

El rostro de Owen se arrugó por la confusión y las

puntas de sus dedos juguetearon con su hombro. «¿Que se supone que significa eso?».

Era su turno de confusión. ¿Qué había que explicar? Solo había estado cerca de ella por un día, pero tenía que saberlo, ¿verdad? La gente no se acercaba a ella, y los que lo intentaban se retiraban rápidamente cuando se daban cuenta de que no había ningún núcleo blando secreto bajo su piel espinosa. «Soy un poco ruda».

Él la miró de una manera que se sintió como una caricia, y luego su mano se movió, casi como si planeara tocar su rostro. Ella quería que lo hiciera. Quería que él extendiera la mano y acortara la distancia entre ellos, que pusiera fin a este baile y saciar la sed que había tenido por él desde el momento en que lo vio. Pero él detuvo su mano antes de llegar a ella.

Stasia había dejado de luchar. Estaba harta de preocuparse por si era apropiado o no. Apoyó su cabeza en la mano de él y dejó que sus dedos acariciaran su mejilla, sus ojos se cerraron ante la sensación.

«No creo que sea ruda. Creo que es increíble». Había reverencia en su tono, algo que nunca había oído decir sobre ella, y su corazón latió con fuerza.

Abrió los ojos y miró directamente los de él. Ahora marrón, suave y prometedor. Cuando anoche aparecieron dorados, debía haber sido un truco de la luz. La posibilidad colgaba pesadamente en el aire. Todo lo que se necesitaba era que uno de ellos hiciera un movimiento.

Y uno de ellos lo hizo.

Tal vez ambos.

Stasia no estaba segura, y luego Owen la estaba besando y no le importó. Su mano acunó la parte posterior de su cabeza, sosteniéndola cerca de él como si fuera preciosa. Sus manos fueron a sus hombros, los dedos se clavaron en el músculo duro y se aferraron desesperadamente, rogándole con su toque que no se apartara.

Él gimió profundamente en su garganta y el calor se encrespó dentro de Stasia. Ella avanzó hasta sentarse a horcajadas sobre su regazo, completamente encima de él y todavía desesperada por tener más contacto. Era carnal, salvaje, algo *más* de lo que jamás había sentido antes.

Este infierno rugiente de necesidad debería haberla asustado, pero Owen la estaba tocando, la besaba, y el miedo no tenía cabida aquí, no entre los dos.

Su lengua lamió la de ella y fue su turno de gemir. Lengua talentosa. Ella lo sabía y quería más. ¿Qué podía hacer él si ella lo tenía en la cama?

Un timbre débil los interrumpió y Stasia estaba confundida. Entonces Owen se puso rígido debajo de ella y se alejó. Sus pupilas estaban enormes y sus labios hinchados. Él la miró con un calor inextinguible, y Stasia quiso inclinarse e ignorar a quienquiera que intentara interrumpirlos. No creía que ningún hombre la hubiera mirado nunca así.

«El teléfono», dijo Owen, la voz se volvió grave por la lujuria. «Podría ser importante».

«Probablemente no lo es». Habría ignorado casi cualquier cosa si eso significaba que él la besara de nuevo.

Pero Owen seguía siendo su guardaespaldas y

todavía se tomaba el trabajo en serio, incluso cuando su dura polla estaba atrapada entre ellos.

Contestó el teléfono y Stasia quedó impresionada con lo profesional que sonaba. Una parte perversa y recién despertada de ella quería jugar con él, besarlo y tocarlo y ver cuánto tiempo le tomaría modificar su comportamiento.

Pero esa no era ella. Ella no hacía cosas así. En lugar de eso, se apartó de él y se pasó los dedos por el cabello, tratando de ponerlo en algo que se acercara al orden.

Alguien llamó a la puerta.

Stasia miró hacia el pasillo como si eso revelara quién era. No esperaba a nadie, pero confiaba en que el portero no dejaría subir a un extraño. Owen seguía hablando en voz baja por teléfono, así que se puso de pie, planeando revisar la cámara de seguridad.

Su mano salió como un rayo y la agarró de la muñeca. «Voy contigo. No abras la puerta».

Una cascada de emociones la atravesó: frustración de que él pensara que ella era lo suficientemente estúpida como para abrir la puerta a ciegas, miedo de que alguien hubiera pasado al portero, un deseo obstinado de abrir la puerta solo para fastidiarlo, y un poco de lujuria residual ante su tono autoritario.

Ella no iba a analizar esto último demasiado cerca.

Los golpes cesaron.

Owen terminó su llamada y colgó su teléfono. «El equipo de vigilancia estaba comprobando, vieron a alguien dirigirse hacia arriba».

«No espero a nadie». El cerebro de Stasia todavía

estaba un poco agotado por el beso y le tomó un momento poner sus pensamientos en orden.

Owen se puso de pie junto a ella, con el concepto de espacio personal olvidado. «¿Alguien más tiene una llave? Pensé que habías dicho que no tenías novio».

¿Un novio? ¿Qué quería decir con eso? ¿Por qué le importaba? Bueno... tal vez tenía razón. ¿Estaría celoso?

Los pasos se escucharon por el pasillo y Owen se paró frente a ella. Quienquiera que haya sido, claramente tenía una llave, y solo había unas pocas personas en las que Stasia confiaba tanto.

Una mujer rubia entró por la puerta de la biblioteca y miró a Owen y luego por encima del hombro a Stasia. «¿Estoy interrumpiendo algo?», preguntó su hermana, Emerald.

11

CAPÍTULO ONCE

Emerald Selby le pareció un poco familiar, pero Owen no estaba seguro de por qué. ¿Sería por el parecido con Stasia? Podría haber un indicio de ello en la curva de su mandíbula y la forma de su nariz, pero con el cabello rubio cayendo en suaves ondas sobre sus hombros y ojos tan azules como el mar, no había mucho en su coloración que sugiriera una conexión.

Cierto instinto de supervivencia le indicaba que pusiera distancia entre él y su clienta. Su lobo protestó, pero logró alejarse medio paso. Todavía podía saborearla en sus labios y recordar la presión de su cuerpo mientras se sentaba en su regazo.

La besaría de nuevo. Y cuando lo hiciera, no iban a ser interrumpidos.

Su cuerpo dolía de deseo. Conocía la lujuria. A veces había sido un imbécil cachondo, pero no se parecía en nada a lo que sentía cuando se trataba de ella. Su lobo estaba inquieto en su piel. Quería que la hermana de

Stasia se fuera para que él y Stasia pudieran volver a lo que debían continuar.

Su pareja.

Allí estaba esa palabra otra vez. Si lo pensaba unas cuantas veces más, se preguntó si empezaría a creerlo. ¿Era posible algo así? ¿Ella era suya?

Sí.

Su lobo lo sabía, incluso si el hombre todavía estaba tratando de resolver una o dos cosas. Pero sabía que una persona no olvidaba un beso así, y no dejaba ir a una mujer como Stasia.

Se suponía que no podía encariñarse con sus clientas. Gibson probablemente tendría gatitos si supiera lo que Owen quería. Malditas sean las consecuencias, Owen estaba listo para enfrentarse al mundo por la oportunidad de estar al lado de Stasia.

Si ella le daba esa oportunidad.

Emerald se adentró más en la biblioteca y tiró de una pequeña maleta con ruedas detrás de ella. Era una de esas maletas rígidas de un rojo cegador.

«Mierda», dijo Stasia, dando un paso alrededor de Owen para acercarse a su hermana. Miró la maleta y luego volvió a mirar a Emerald, como si esperara que pudieran desaparecer mágicamente.

Emerald se cruzó de brazos. «¿Lo olvidaste?».

«¿Que pasa?». Él y Stasia habían repasado sus planes para la semana y ella no había mencionado esta visita. Desde su punto de vista como guardia, no era gran cosa. Emerald era un miembro de confianza de la familia y si tenía mala voluntad hacia Stasia, no necesitaría que la secuestraran en la calle, tenía una llave de la casa de la mujer. ¿Pero desde la perspectiva de la polla de Owen? No era bueno.

Stasia le dio a su hermana un medio abrazo. «Lo siento, Em. Ha ocurrido algo de mierda. Supongo que AR no te puso al corriente. Probablemente sea mejor si consigues un hotel». Hizo una mueca cuando lo sugirió, y Owen se preguntó por qué. No había un hotel en la ciudad que no pudieran pagar, incluso si querían comprar el edificio en lugar de simplemente alquilar una habitación, y sin duda Em no querría estar en la línea de fuego si algo salía mal.

No es que Owen dejaría que ninguna de ellas saliera lastimada.

Em estaba sacudiendo la cabeza, con los ojos muy abiertos y obstinados. «Ya sabes lo que pasa cuando voy a hoteles». Ella hizo una mueca. «Es mucho mejor si me quedo contigo...». Hubo una pausa. «A menos que esta sea la semana de sexo que estoy interrumpiendo».

«¡No!». Stasia se colocó al otro lado de Em, poniendo la mayor distancia posible entre ella y Owen.

Eso había dolido un poco. Una semana de sexo sonaba como un sueño. Pero le pareció casi... linda, la forma en que Stasia saltó allí mismo. De alguna otra mujer podría haberlo visto como un rechazo, pero no de Stasia. Tal vez era solo su lobo involucrándose en ilusiones.

O tal vez esto era algo más que lujuria.

Mi pareja.

Em miró entre él y Stasia, con los ojos enarcados y

escépticos. «Quiero decir, supongo que podría quedarme en el ático de papá. Siempre que Riley no esté allí». Parecía aún menos entusiasta que la idea del hotel.

«¿Riley es una de sus hermanas?», preguntó Owen. Había un árbol genealógico completo en el archivo de Stasia, pero era enrevesado y no recordaba bien los nombres. Apenas se acordaba vagamente de una Riley.

Em se burló. «Es nuestra madrastra de veintitrés años».

¡Uff! Owen no supo cómo reaccionar ante eso. Sabía que Stasia tenía treinta y cuatro años y Em parecía tener veintitantos. No era ningún secreto que Armand Selby se había casado varias veces, pero Owen nunca había prestado atención a las edades de sus esposas. Tenía curiosidad por saber cómo se sentía Stasia al respecto, pero ahora no era el momento de preguntar. Claramente Em no era una fan.

«Tienes que superarlo eventualmente», dijo Stasia.

«¿Por qué?». Finalmente, Em renunció a quedarse en la puerta, entró y se apoyó en el escritorio de Stasia. Por la facilidad del movimiento, Owen no tenía dudas de que lo había hecho cien veces antes. «No es como si ella fuera a durar mucho tiempo. Sólo le importa el apellido».

«¿Qué?». Cuanto más hablaba Em, menos entendía Owen. ¿Qué pasaba con esta familia? Pensaba que ser un hombre lobo lo hacía raro, pero no tenía nada que ver con la rareza de los escandalosamente ricos.

Ninguna de las hermanas le respondió. «No haré que te quedes en casa de papá», dijo Stasia. «Puedes quedarte aquí. Owen es mi guardaespaldas. Hubo un intento de secuestro el otro día. Papá y AR insistieron en tener una niñera. Sólo por una semana. No creen que tomará mucho tiempo resolver las cosas». Ella no lo miró mientras le explicaba la situación.

A Owen no le gustó el recordatorio del límite de tiempo. Pero una semana, seis días ahora, era mucho tiempo. No para sacarla de su sistema. Un beso fue suficiente para saber que eso no sucedería. Pero todo lo que tenía que hacer era convencerla de que le diera una oportunidad.

Seguramente le gustaría mejorar su título de guardaespaldas hombre lobo a novio hombre lobo.

¿Correcto?

Los ojos de Em se agrandaron, esta vez por la sorpresa. «¿Otro intento de secuestro? ¿Por qué siempre van por ti?».

Sonaba ofensivo, pero Stasia sonrió. «Soy un blanco fácil. ¿No deberías tú tener hombres corpulentos rodeándote en este momento?».

Em sacudió la cabeza. «Les di la semana libre. Sólo necesito una semana para ser una persona normal. O unos días. Supongo que tu guardaespaldas tendrá que ser lo suficientemente agradable a la vista». Owen no sabía por qué Em necesitaba guardaespaldas y se preguntó si tenía algo que ver con el hecho de que ella le resultara tan familiar. Pero no pudo resistirse acicalarse un poco cuando ella lo objetivó.

«Mantén tus manos para ti». Las palabras salieron celosas y mezquinas de la boca de Stasia y los ojos de

Owen se abrieron como platos. Tal vez estaba más cerca del estatus de novio hombre lobo de lo que pensaba.

«Oooooooh. ¿Qué tenemos aquí?». Em se apartó del escritorio y se acercó a su hermana, sonriendo de oreja a oreja ante la idea de la posesividad de Stasia hacia Owen.

Le encantaba escuchar las bromas, pero sabía cuándo hacer su salida. Las hermanas necesitaban tiempo para recordar, y no podían hacerlo correctamente si él estaba allí de pie. «Dejaré que ustedes dos se pongan al día», dijo.

Pero cuando salió de la habitación, pasó una mano por el brazo de Stasia, un recordatorio de que la cosa entre ellos estaba lejos de terminar.

12

CAPÍTULO DOCE

Stasia aún podía sentir el toque de Owen cuando volvió al sofá y se sentó. Con sus mejillas ardiendo, dio unas palmaditas en el asiento para que Em se uniera a ella. Esperaba que él hiciera lo normal: ignorar todo lo que acababan de hacer juntos y dejar que las cosas volvieran a la normalidad.

Iba a guardar ese beso en lo más profundo de su memoria y volver a visitarlo cada vez que necesitara un estímulo. Pero apenas podía soñar con dejar que fuera algo más. ¿Qué significaba ella para Owen? ¿Y él para ella?

¿En qué podrían convertirse?

En todo. El instinto era aterrador y estimulante, y estaba casi segura de que era correcto. Si ella lo dejaba, si quería, podrían ser todo juntos.

Con un toque casual, él había destruido sus expectativas, y estaba emocionada de ver cómo planeaba construirlas nuevamente. Owen no era como ningún otro hombre con el que se hubiera relacionado o besado. Y si él se metía bajo su piel, ella no sabría si sería capaz de dejarlo ir.

¿A quién estaba engañando? Él ya estaba bajo su piel.

Em se sentó en el sofá junto a ella y le dirigió una mirada brillante e inquisitiva. «¿Qué está pasando? Estás sonriendo».

«No pasa nada». Stasia se erizó. Claro, ella estaba teniendo pensamientos felices sobre Owen; no significaba que quisiera que Em entrara y lo convirtiera en algo raro.

Pero Em tenía el instinto de una hermana pequeña y no estaba dispuesta a dejarlo. «Sigues tocándote los labios. Esas almohadas de ahí están mucho más desordenadas de lo que nunca permitirías. Y ese tipo te miró como si estuviera pensando cosas pecaminosas y no hiciste nada para reprenderlo. Entonces, ¿qué está pasando entre ustedes dos? ¿Guardaespaldas?», ella se burló. «Sí claro».

«Él *es* mi guardaespaldas. También nos besamos un poco». Stasia se sonrojó aún más cuando lo admitió. ¿Qué sentido tenía ocultarlo? Em podría haber sido Sherlock Holmes si su carrera musical no hubiera despegado.

«¡Oh! ¡Dios mío!». Ella rebotó con emoción de arriba a abajo en el cojín. «No sabía que te estabas involucrando».

«Cállate». Quería hacer jurar a Em que mantendría el secreto, pero eso probablemente haría que la historia se extendiera entre la familia por despecho. Em tenía ocho años y dos matrimonios menos que Stasia, y solo se habían acercado cuando Stasia vivía en la misma propiedad que Em mientras ella estaba en la escuela de medicina y Em en el bachillerato. De todos sus hermanos, ella era la más cercana a Em, y solo veía a los demás en raras ocasiones, cuando los abogados pedían verlos juntos o había una gran reunión.

Eso le recordó. «¿Vas a ir a la fiesta de cumpleaños?». Era un poco malvado preguntar, y la sonrisa que tenía al besar a Owen se convirtió en el tipo de sonrisa maníaca que solo una hermana mayor puede dar.

«Te odio», Em frunció el ceño.

Punto para Stasia. «Me amas».

Fue suficiente para que Em estallara y hacer que dejara de preguntar por Owen. Según Stasia, resultaba en que todos salían ganando. «Ella robó mi nombre. Hay espacio para una sola Emerald Selby en esta familia y esa soy yo. Ella puede cambiarle el nombre y entonces iré a conocer a aquella».

Stasia hizo una mueca ante "aquella". «Creo que estás yendo demasiado lejos». No necesitaba jugar a ser pacificadora, pero no quería que su hermana se quedara atrapada en un rencor para siempre.

«No estoy yendo muy lejos». El ceño de Em se volvió aún más oscuro, como si estuviera planeando algo vil para Riley.

«Es una bebé. Y no es culpa de ella». Habían hablado de esta conversación cada vez que salía el tema de la familia en los últimos tres años, y Stasia ya tenía su parte memorizada.

«¿No tiene un segundo nombre que pueda elegir?».

«Creo que te estás portando más infantil que Riley. No puedes obligarla a cambiar el nombre ahora. Cuando la bebé tenga la edad suficiente, tal vez quiera usar otro nombre. Al igual que tú». Stasia y la familia eran prácticamente las únicas personas que llamaban a Em por su nombre; incluso Riley solía referirse a ella por su nombre artístico, Mercy. Nombrar a los niños dependía de sus esposas, y ese pequeño malentendido resultó en que su padre terminara con dos hijas llamadas Emerald.

Em se desanimó porque Stasia no se compadecía lo suficiente. «¿Vas a ir a la fiesta de cumpleaños?».

Ella podía ser la única Stasia en la familia, pero eso no significaba que quisiera ir a una fiesta de niños pequeños. «Estoy tratando de declarar un intento de secuestro. AR no quiere aceptarlo. Si puedo evitarlo, lo haré».

Em arrugó la cara. «¿Somos terribles?».

«Podríamos serlo». Pero Stasia estaba bastante segura de que era normal querer evitar las reuniones familiares. Todas las películas y programas de televisión sobre familias normales parecían tener algún tipo de trama que giraba en torno a ellas. Los Selby no eran normales, pero podían fingir.

Em se sintió preocupada y curiosa. «¿Así que esta vez el secuestro fue por las tonterías de papá? ¿Otra vez?».

«No puedo imaginar que fuera otra cosa». A salvo en su propia casa con su hermana a su lado y Owen en algún lugar del edificio, no estaba asustada, estaba enojada. El Grupo Selby tenía un dedo en cada pastel, muchos de ellos completamente ilegales. El primer intento de secuestro allá en Bermeja había sido por pedir un rescate.

Stasia no sabía si ahora era lo mismo o algo peor. Ella eligió no usar el apellido Selby para honrar a su madre y por el ligero anonimato que le daba. Aparentemente no era suficiente.

«Pareces segura de que se encargarán de eso».

AR había parecido confiado, y por ahora Stasia confiaba en él. «No quiero un guardaespaldas para el resto de mi vida».

«No es tan malo como parece», trató de tranquilizarla Em. Normalmente viajaba con media docena de hombres corpulentos que la mantenían alejada del público, por lo que era casi extraño verla sola.

«Pero algunos de nosotros no estamos en el ojo público». Los médicos no necesitaban la misma protección que las estrellas de rock.

Em se encogió de hombros. «Así es la vida».

«¿Estás lista para el inicio de la nueva gira?». Ahora que Em estaba aquí, Stasia recordó que estaba a punto de embarcarse en una gira nacional durante meses. Esta semana era su última oportunidad de algo parecido al tiempo libre durante una temporada.

Em asintió. «Estoy emocionada. Tuvimos un retraso estúpido con el álbum. Algunos de los archivos se corrompieron en uno de los *masters*. Tuve que volver a grabar por completo. Pero ahora ya todo está arreglado y solo se retrasó el lanzamiento del álbum por un mes. Pero estaré lista para comenzar la gira pronto».

«Pareces feliz». Y Stasia se alegró por ello. Em había trabajado duro para llegar a la cima y Stasia estaba ansiosa por escuchar cómo sonaba la nueva música.

Ella se encogió de hombros. «Estoy bastante feliz». Ya había terminado de hablar de sí misma. «Ahora, háblame sobre ese tipo Owen. Porque si no lo quieres, yo lo tomaré».

«Él es mío». Salió tan rápido y feroz que la sorprendió. Stasia no era una persona posesiva. Había tenido un par de novios antes y solo uno que llamaría en serio. *Eso* había terminado en un desastre. No tenía ningún derecho sobre Owen, en realidad no, pero pelearía con su hermana para quedárselo.

Eso emocionó a Em. «Sabía que te enamorarías de alguien en algún momento. Esto va a ser bueno. Entradas de primera fila».

«Sé lo que cobras por los boletos de primera fila». Un ojo de la cara. Loquísimo. Y los fanáticos pagaban felizmente. «Así que, si los quieres, tendrás que pagar el mismo precio».

Em sacó la lengua. «Como si te importara el dinero».

«Me importa la privacidad». La que había con Owen era nuevo y frágil y ella no era una exhibicionista, especialmente cuando era su hermana quien estaba de mirona.

«¿Sería realmente tan malo dejar entrar a alguien?», preguntó Em.

«No lo sé. La última vez que lo intenté no salió tan bien». Su última y única relación seria había sido en la universidad y en la escuela de medicina.

«¿No has superado a Julian? Ese tipo apestaba». Em no sabía ni la mitad de eso.

Julian había querido dinero y acceso a los Selby más

de lo que quería a Stasia. Le había tomado demasiado tiempo darse cuenta de eso. «Lo he superado. A veces todavía duele recordarlo». ¿Habría alguna posibilidad de que Owen fuera así? Sabía que él pensaba que era una niña rica malcriada, o lo había hecho, pero ¿qué había debajo de eso?

«Yo digo que le des una oportunidad a este tipo. Tal vez te sorprenda».

No sabía si él iba a volverse contra ella, pero su corazón ya estaba comprometido. «No sé si podría detenerme si quisiera».

13
CAPÍTULO TRECE

OWEN SE PUSO FELIZ DE NO SER IGNORADO POR SIEMPRE. Después de unas horas de ponerse al día, lo invitaron a cenar todos juntos y a ver una película. El mejor lugar para eso era la biblioteca, y aunque el sofá era lo suficientemente grande para los tres, Em optó por sentarse en una de las sillas, dejándolos a él y a Stasia solos.

¿Podría haber dejado espacio entre ellos? Seguro.

Pero el sabor de Stasia estaba grabado en la memoria de Owen, y no quería estar ni un centímetro más lejos de ella de lo que tenía que estar. No sabía si ella lo besaría de nuevo; apenas podía esperarlo. Pero sentarse a su lado era un buen comienzo.

Había realizado un barrido del perímetro y se reportó con el equipo de vigilancia. No podía permitir que sus hormonas se interpusieran en su trabajo y durante su turno nadie se acercaría a Stasia.

Tenía que mantener a salvo a su pareja.

El pensamiento procedía de lo más profundo de su

mente, donde su lobo merodeaba, exigiendo que él la reclamara, al diablo con la sensibilidad humana. Owen la estaba ignorando. Por ahora. Tendría que pensar en algo más si el lobo se volvía más insistente.

Pero le estaba empezando a gustar el sonido de la palabra *pareja*.

Consideró hablar con Gibson, pero no había habido cambios desde el día anterior, y no quería que su jefe pensara que necesitaba que lo tomara de la mano. Él podría hacer el trabajo.

Stasia se estremeció por el frío y Owen los cubrió a ambos con una manta cercana. No podía leer bien la mirada que ella le dirigió, y si la tos espasmódica de Em era algo, ella se había dado cuenta de sus movimientos.

Demasiado.

Andre le envió un mensaje de texto para informarle que el trabajo que estaban haciendo Vega y Rowe iba a ser largo y que se habían topado con un pequeño inconveniente. Aparentemente, la feliz pareja no había llegado a su luna de miel después de todo y necesitaban guardias por unos días más. El mensaje de seguimiento le indicaba que no se preocupara.

Owen archivó la información. Si Andre lo estaba actualizando, tenía que ser al menos un poco serio, pero no parecía que necesitara abandonar a Stasia y este trabajo. Y haría falta mucho más que un poco de dificultad para que él la dejara.

¿Dónde quedaba su lealtad?

Sabía que *debería* estar con su manada, con la gente con la que había trabajado durante años y que había pasado por un infierno junto a él. Pero podía sentir el calor del cuerpo de Stasia presionado contra su costado y no sabía si alguna vez sería capaz de alejarse de ella.

Las emociones deberían haber sido aterradoras, demasiado intensas, demasiado rápidas, pero Owen nunca antes había huido de las emociones y no estaba dispuesto a hacerlo ahora.

No tenía idea de lo que se suponía que debían estar viendo. Una comedia protagonizada por actores que no reconoció contando chistes que probablemente serían más divertidos si estuviera prestando atención.

En cambio, puso atención a la forma en que el aroma de Stasia lo envolvía y al calor de su muslo.

Em dijo algo sobre un canario que hizo estallar en risas a Stasia, con la cara expuesta y riendo con desenfreno.

El corazón de Owen se aceleró ante la vista. Era seria por naturaleza, incluso un poco gruñona, pero se abrió cuando apareció su hermana y ahora estaba contenta. Quería que ella le sonriera de esa manera y lo captó cuando ella lo miró, como si estuviera comprobando que había entendido la broma.

No podría haber detenido la sonrisa que le dio, aunque lo hubiera intentado.

Sabía que su cara de mal humor volvería cuando terminara la película o cuando Em se fuera, pero tenía su propio encanto. *Todo* sobre su brillante médica lo cautivaba, y quería conocer todo lo que había que saber sobre ella.

Y luego ella lo dejó conmocionado al colocar casualmente su mano en su pierna, sus dedos jugueteando con la parte interna de su muslo, todo oculto por la manta. No era un accidente, no dado el suave apretón que ella le dio.

Owen dejó escapar un suspiro tembloroso. Era posible que su mente no hubiera prestado atención, pero ahora su pene se estaba animando y estaba agradecido de que la manta lo ocultara todo.

Con engañosa calma, colocó su brazo a lo largo del respaldo del sofá y lo deslizó sobre los hombros de Stasia.

Em hizo otro ruido, y si la conociera mejor podría haberla fulminado con la mirada, pero tenía la sensación de que las cosas irían mejor para él si le agradaba a la hermana de Stasia.

Quería recorrer con los labios el cuello de Stasia y saborear su suave piel, pero eso era ir demasiado lejos y ninguna manta ocultaría el pecado. Trató de pensar en una razón, cualquier razón, para sacar a Em de la habitación, pero no sucedería.

Stasia le pasó los dedos por el muslo y el pequeño movimiento lo volvió loco. Ella era una perversa tentadora.

La película se prolongó durante más tiempo y Owen la siguió lo mejor que pudo, riéndose junto con las hermanas mientras Stasia lo torturaba con los dedos, y en un momento se volvió lo suficientemente valiente como para rozar su polla.

Y luego los créditos comenzaron a rodar y el servicio de transmisión los impulsó a ver la secuela de la película.

«¿Quieres seguir mirando?», Stasia miró a Em como

si no tuviera los dedos a medio centímetro de las bolas de Owen.

Em los miró a ambos como si estuvieran locos. «¡Puaj!, no, prácticamente puedo oler las feromonas. Ustedes dos son como adolescentes».

Tal vez eso era cierto, pero no tenía que mencionarlo.

Stasia se puso rígida contra él y él temió que fuera a apartarse. Pero ella ni siquiera movió la mano cuando respondió. «Estás celosa de que tengo un chico atractivo».

Ella pensaba que él era atractivo. Sí, eso le gustó. Mucho.

Em puso los ojos en blanco. «Me voy a la cama». Los dejó a los dos en el sofá sin decir una palabra más.

Solos. Por fin. Ahora Owen podía tomar lo que había anhelado toda la noche. Se inclinó, pero Stasia lo detuvo poniéndole una mano en el pecho.

«¿No?». ¿Había malinterpretado la situación?

Pero Stasia volvió a pasarle la mano por el muslo, rozando su polla, y él gimió, ya no le preocupaba que Em se diera cuenta de lo que estaban haciendo.

Stasia asintió hacia la entrada de la biblioteca. «Mi hermana pasará justo por la puerta si necesita bajar las escaleras». Las puertas tenían paneles de vidrio y no escondían nada. «¿Por qué no nos vamos a mi habitación?».

Carajo, sí. No se molestó en preguntarle si estaba segura. La expresión de su rostro y el tacto de su mano se lo decían. Ambos querían esto, lo habían deseado por lo que parecía una eternidad, incluso si sólo se conocían desde hacía dos días.

¿Dos días? ¿Dos siglos? No importaba. Owen sabía que lo que estaba sintiendo era real y no iba a preocuparse de que fuera demasiado rápido. Solo esperaba que ella se sintiera tan fuerte como él.

Dejaron caer la manta mientras se ponían de pie, y Owen no pudo resistirse, su lobo salió a la superficie lo suficiente como para cargar a Stasia y llevarla a su habitación.

14
CAPÍTULO CATORCE

Se aferró a Owen mientras él la llevaba a su habitación e hizo un sonido de sorpresa cuando él cerró la puerta con una patada poco suave. Esta no era ella. Ella no hacía cosas así. Pero al tratarse de Owen, había algo salvaje en su interior que exigía que lo soltara.

Ella quería jugar.

Lo deseaba.

Y estaba harta de negarse a sí misma.

Su vida la estaba volviendo loca. No sabía quién la perseguía ni qué esperar para la próxima semana. No podía suponer nada, pero iba a contar con esto. Tendría esta noche, incluso si todo el calor que bullía entre ellos se extinguiera por la mañana. Sabría lo que se sentía que Owen fuera suyo.

Él la dejó sobre la cama y se puso frente a ella. Stasia lo miró fijamente, preguntándose cómo había tenido tanta suerte.

Todo su cuerpo estaba tenso por el deseo, los pechos pesados, el sexo ansiaba ser llenado. Ya estaba mojada y apenas habían hecho nada. Owen había lanzado un hechizo y ella nunca quería que se rompiera, no si se sentía así.

Estaba a punto de subirse encima de ella cuando algo se apoderó de Stasia y ella sonrió. «Espera».

«¿Qué?». Él no parecía exactamente preocupado, pero ella sí sintió un poco, como si él pensara que ella podría cancelar todo esto antes de que comenzara.

Sí, claro. El edificio tendría que estar en llamas, *gravemente* en llamas, para que ella se detuviera ahora. «Quiero verte desnudo». Lo había estado imaginando desde que lo había visto cubriéndose con la toalla. Demonios, desde que lo había visto por primera vez, pero ahora estaba segura de que iba a suceder y quería mirar hasta hartarse. Se deslizó hacia atrás en la cama y apoyó los codos, una reina en reposo.

Él dio un paso más cerca, casi sobre la cama. «Ese es el objetivo». Su voz se había vuelto áspera, llena de sensual promesa.

«No. Ahora». Se sentía un poco mal tomar el control de esta manera. Ella era su jefa, más o menos. Pero, en todo caso, lo incorrecto hacía que todo esto fuera diez veces más excitante.

¿Estaba descubriendo una nueva perversión en ella? ¿O era sólo por Owen?

Sus ojos se iluminaron cuando ella dio la orden. Si esto era un problema, al menos Owen estaba allí con ella. Llevó una mano detrás de su cabeza y se quitó la camiseta negra para revelar ese pecho que la había estado volviendo loca. Sus músculos se ondularon, y ella estaba casi segura de que se estaba flexionando, presumiendo.

A Stasia le encantó.

Su cabello era lo suficientemente largo como para colgar frente a sus ojos, habiendo perdido el agarre de cualquier gel que usara, y le daba un aire juguetón. No era un playboy empeñado en la seducción. Ningún playboy sonreía tan abiertamente.

Y luego se quitó los pantalones y Stasia olvidó cómo respirar.

Ya antes había visto penes. Había tenido novios. Y era médica de la sala de emergencias. La gente hacía cosas raras con sus partes íntimas y ella lo había visto todo.

Pero Owen aún le provocó que se le hiciera agua la boca.

Se estaba agrandando, no del todo duro aún, pero acercándose, su gruesa longitud se acurrucaba en el vello oscuro. No podía dejar de mirarlo. Ella lo quería dentro de ella. Quería saborearlo. Lo deseaba todo.

Ahora sería el momento adecuado para que ella se desnudara. Owen se paró frente a ella, completamente desnudo, con la polla en la mano y listo para más, pero había algo poderoso en acostarse vestido mientras su hombre estaba completamente desnudo y parado frente a ella. Pero aún no quería renunciar al poder.

Todo lo que necesitó fue un giro de su dedo índice para traerlo hacia adelante.

«¿No puedo verte yo?», preguntó. Sus ojos se veían más brillantes que el marrón después de que un movimiento de su cabeza apartó su cabello del camino. Parecía *hambriento*, como una especie de depredador, y ella era su presa, pero iba a ponerlo de rodillas.

«Me estás mirando». Estaba lo suficientemente cerca para tocarlo ahora, y ella pasó una mano por uno de sus muslos y sobre la curva de su espectacular trasero.

Owen gimió. «Sabes que eso no es lo que quiero decir».

Stasia podría responder. Probablemente habría alguna respuesta agria que sería perfecta por el momento.

Pero, en lugar de eso, lamió la longitud de su polla y luego se metió la cabeza en su boca, girando su lengua alrededor y memorizando su sabor, terroso, masculino. A *Owen*.

Él jadeó y casi se cae de la sorpresa y Stasia lo tomó como una victoria. ¿Todavía pensaría que era una princesa engreída? Se lo demostraría.

Aunque en realidad no había perdedores en este juego.

No podía aceptarlo por completo sin arcadas. Había pasado mucho tiempo desde que había hecho esto, e incluso si tenía la práctica, Owen era grande. Pero su mano se encargó de lo que hacía su boca, chupándolo hasta llenarlo y deleitándose con los desesperados sonidos de placer que estaba haciendo.

Ella podría hacer que él se corriera así. No tomaría tanto trabajo.

Sólo pensar en eso hizo que su propio cuerpo

temblara de deseo. Se agachó, metiendo una mano en sus pantalones y acariciando su clítoris resbaladizo.

No quería que Owen recorriera su cuerpo desde su garganta. Lo necesitaba dentro de ella.

Y aunque fue una tortura retroceder, ella lo soltó y se recostó, dejando la mano en sus pantalones para que él la viera.

Los ojos de Owen se veían amarillos, y había una expresión en su rostro que parecía apagada, pero Stasia parpadeó y desapareció. Jadeó mientras se acariciaba a sí misma, con la mirada de Owen como una ardiente caricia, incluso si solo podía ver el contorno de su mano.

«Eres malvada», dijo, con su propia mano de nuevo en su pene, pero en lugar de acariciarlo, lo estaba sujetando con fuerza en la base, demasiado cerca para hacer más.

Stasia tuvo que sacarse la mano de los pantalones. «¿Quieres que me detenga?». No había posibilidad de detenerse. No ahora que Owen estaba allí, duro y perfecto.

«Nunca». Era un voto.

«Ven aquí». Ella tiró de él hacia abajo sobre ella y sus labios chocaron en un beso más íntimo que el sexo. Si le importaba dónde había estado su boca hace un momento, no dijo ni una palabra.

Hombre inteligente.

Podría besarlo toda la noche, y lo habría hecho si su cuerpo no exigiera más. Podría besar a Owen más tarde, prometía su cuerpo, siempre y cuando lo tuviera dentro de ella ahora.

Sí.

Sí, eso sonaba muy bien.

De alguna manera lograron quitarle la ropa y cada centímetro de piel que había presionado contra Owen ardía y exigía más. Podría volverse adicta a él. Tal vez ya lo era. Cualquier pensamiento de la chispa entre ellos apagándose en la mañana se había ido. Ahora que lo había probado, no podía dejarlo. Ni ahora, ni nunca.

Rodaron hasta que Owen estuvo de espaldas con ella encima de él, con su polla firme entre ellos mientras se besaban. Ella la rodeó con los dedos y la acarició, tragando su gemido. Y entonces, casi se arrastró directamente sobre él, y fue sólo el mínimo borde de la cordura lo que la apartó.

«¿Condón?». Podría haber tenido alguno escondido en alguna parte, pero su mente estaba demasiado loca por el sexo para pensar en eso. Owen, sin embargo, parecía el tipo de persona que llegaba preparado. En otras circunstancias, ella podría provocarle un infierno por eso, pero hoy rezaba para tener razón.

«Billetera». La palabra salió gutural, su habilidad para desarrollar más frases se la había arrebatado su dura verga, y eso solo la excitó más.

Stasia no quería apartarse. Si hubiera estado un poco más caliente, podría haber mandado al caño las malditas las consecuencias y haber seguido adelante. En cambio, saltó de la cama hasta que encontró los pantalones de él y luchó con los bolsillos hasta que uno ofreció una billetera de cuero. Y adentro no solo encontró un condón, sino tres.

«¿Debería estar celosa?». Había venido preparado, y luego estaba esto.

«Todos son para ti». Debería haber sonado cursi. Él estaba acostado en su cama, con la polla en la mano, mirándola con lujuria en sus ojos de color marrón amarillento, pero eso hizo que el corazón de Stasia latiera con fuerza.

Ella lo tenía mal.

Pero ahora no se echaría para atrás, ni siquiera si a la más pequeña parte de ella le preocupaba que se dirigía a que le rompieran el corazón.

Ponerle el condón en el pene fue otra prueba de destreza, pero se las arreglaron entre sonrisas y besos.

Y luego Stasia se subió, sentándose a horcajadas sobre él y guiando su polla hacia su entrada. Él la llenó por centímetros, más y más hasta que ella estuvo segura de que no quedaba espacio dentro de ella y, sin embargo, de alguna manera, todavía él llegó más profundo.

Sus ojos se encontraron y una conciencia pasó entre ellos. Por un momento pensó que alguien más estaba mirando a través de los ojos de Owen, de ese destello amarillo que había estado viendo mientras hacían el amor.

¿Debería haberla asustado?, no lo sabía. No lo hacía. Se sentía *bien* de la misma manera en que todo este encuentro la hacía sentir bien.

Estaba destinado a suceder.

No creía en las almas gemelas. Ella nunca se había inclinado por la religión. Pero lo que pasaba entre ella y

Owen era más grande que cualquiera de ellos y más profundo de lo que tenía derecho a ser.

No podía llamarlo amor, no ahora, no tan pronto. Pero era mucho más profundo, mucho más verdadero que la simple lujuria.

No había nada simple en esto.

Sabía en el fondo de su corazón que no dejaría ir a Owen, no ahora que estaba enganchada a él. Pero averiguar qué significaba eso iba a costarle trabajo.

Las preocupaciones se desvanecieron cuando ella comenzó a moverse encima de él, marcando el ritmo de su baile. Su cuerpo ya estaba tenso, dirigiéndose al borde de la liberación, y Owen no estaría muy lejos de ella.

Y entonces ella se agitó a su alrededor, gritando su nombre y balbuceando tonterías que iba a fingir que no entendía. Owen la agarró con fuerza mientras se venía justo después de ella, vaciándose en el condón.

No había terminado. No mientras se separaban y él se encargaba del preservativo. No mientras se recostaba en la cama junto a ella, de alguna manera dándose cuenta de que ella quería un abrazo, aunque nunca se atreviera a pedirlo.

En todo caso, lo deseaba más que al principio.

«Quédate aquí esta noche». Se sentía vulnerable al decirlo. Él podría haber estado enterrado dentro de ella, su cuerpo aún estirado con el recuerdo de él, pero algunas de las hormonas se habían desvanecido y sus defensas se estaban reconstruyendo. ¿Pero estaban dejando una puerta para que Owen se deslizara al interior?

«¿Sí?». Parecía emocionado. Él no era como ella. No ocultaba sus emociones, no tenía secretos. Todo estaba allí en la superficie para que cualquiera lo viera y era una especie de valentía que Stasia nunca poseería.

¿Era esto algo más que una aventura para él? ¿Era posible que él sintiera lo que ella sentía? Si podía creer en la expresión de su rostro, tal vez sería real.

Pero ella no podía simplemente preguntarlo. No podía ser tan abierta. «Tenemos dos condones más».

Él se rió, como si pudiera ver a través de ella y la besó.

Ella estaba en tantos problemas.

15
CAPÍTULO QUINCE

Stasia no tenía la intención de dejar que Owen regresara a su habitación. Simplemente sucedió. Por la mañana, él comenzó a besarla y su cuerpo se sintió demasiado satisfecho para echarlo de la cama. Además, le hacía muy agradables caricias, algo que ella nunca antes había deseado.

Por supuesto, para cuando bajaron a desayunar, Em tenía que saber qué estaba pasando. Les sonrió como si fueran la pareja más divertida que había visto en su vida, pero por algún tipo de amabilidad hacia los tiernos nervios de Stasia, no mencionó nada.

Era otro día de pereza en la casa. Em estaba feliz por el aburrimiento ya que sus días estarían programados al minuto una vez que estuviera de vuelta en su gira. Stasia se habría vuelto loca, pero Owen y Em lograron mantenerla entretenida.

Vieron la secuela de la comedia que habían visto la noche anterior y Owen se sentó justo a su lado otra vez, con un brazo sobre sus hombros. Ni siquiera se dio cuenta al principio cuando se acurrucó contra él, pero cuando lo hizo ya era demasiado tarde para alejarse.

Y ella no quería que lo hiciera.

Y luego, esa noche, Owen la siguió a su habitación y sacó un paquete de condones que había encontrado en su baño. Era un poco arrogante, pero a ella le encantaba. Las cosas simplemente encajaban en su lugar cuando se trataba de él, sin importar que las circunstancias de su reunión apestaran. Se sentía bien y cuando la besó, ella vio estrellas.

Si había alguna duda de que eran sexualmente compatibles, eso se incendió la segunda noche. Él la tenía retorcida en nudos, física y emocionalmente, contorsiones que ella no sabía que eran posibles. Y ella todavía quería más.

«¿Te gusta ser un guardaespaldas?», preguntó cuando no podía conciliar el sueño. Ella estaba justo a su lado, trazando sus dedos arriba y abajo de sus abdominales.

Owen se estremeció bajo su toque. «Es una forma de vida».

«Eso no es una respuesta». Estaba lidiando con su propia crisis profesional y sabía lo grave que podía ser. No quería que Owen enfrentara los mismos problemas.

«Me gusta ser *tu* guardaespaldas». Besó un costado de su cuello y la mordisqueó con los dientes, probablemente dejándole una marca de la que se avergonzaría por la mañana.

«Apuesto a que le dices eso a todas las chicas».

Ella lo dijo en broma, pero él se puso serio. «Sólo a ti. Esto nunca había sucedido antes».

«¿Dormir con una clienta?». Todavía enviaba una chispa de lo prohibido a través de su cerebro, pero ahora que habían dado el paso, Stasia no iba a retroceder hasta que no tuviera otra opción.

«Enamorarme de una clienta». Sus ojos se encontraron y no había ni rastro de broma. Él decía en serio cada palabra.

Era demasiado rápido. Normalmente, a Stasia le tomaba una semana decidir si estaba dispuesta a considerar tener una cita con un chico, y en la mitad de ese tiempo había dejado a Owen en su cama, ¡dos veces!, y no podía imaginar dejarlo ir.

«¿Es demasiado?», preguntó él.

Ella podría rechazarlo ahora. Sus ojos se nublarían y no la abrazaría tan fuerte. Ella podría decirle que necesitaba más tiempo o que esto era solo una aventura mientras estaban encerrados en su casa y su hermano perseguía a las personas que querían hacerle daño.

Pero nada de eso sería cierto. Sólo estaría tratando de defenderse del dolor que él podría causarle si alguna vez le rompía el corazón.

«No es demasiado». No podía darle más, no era tan abierta como él, pero no estaba dispuesta a alejarlo. Ahora no. «Dime algo especial sobre ti. Tienes que tener secretos». Si su alma se sentía desollada, lo quería igualmente expuesto.

Se puso rígido y una mirada extraña cruzó su rostro.

«Puedes decir que le disparaste a un hombre en Reno

solo para verlo morir si no quieres decírmelo». Trató de mantenerlo ligero, pero nunca había sido buena para las bromas, y salió más amargo de lo que pretendía.

«No quiero tener secretos contigo», dijo. Su mano encontró la nuca de su cuello y sus dedos comenzaron a masajearlo.

«¿Cuál es el 'pero'?».

«No es sólo mi secreto para contarlo».

«Suena grande». El peso del mundo yacía a su alrededor y Stasia se arrepintió de haberlo invocado. Había estado acostada toda feliz en el resplandor crepuscular y luego lo había arruinado.

«Te prometo que te lo contaré. Algún día».

«Algún día». Hacer promesas generaba expectativas, y Stasia estaba haciendo todo lo posible, y fallando, para evitar hacerlo. Sólo podía garantizar que Owen estaría allí durante una semana. ¿Estaba realmente dispuesto a viajar desde Queens para verla? Salir con alguien en un distrito diferente era básicamente una relación a largo plazo en términos de Nueva York. ¿Y qué había de su trabajo? ¿Qué pasaría con el de ella?

«Lo resolveremos», dijo Owen, besando su cabello y leyendo su mente.

Eventualmente se durmió y tuvo sueños extraños que la perturbaron pero que fueron olvidados por la mañana.

Se despertó sola con sábanas frías y recordó vagamente a Owen levantándose de la cama y diciéndole que siguiera durmiendo. Eran cerca de las ocho y Stasia tenía la sensación de haber dormido hasta el mediodía.

Se tomó su tiempo para ducharse y cambiarse, y

antes de que pudiera bajar las escaleras para desayunar, sonó su teléfono. Era AR.

«¿Qué sucede?», ella preguntó.

«Tengo buenas noticias». Parecía triunfante, como si acabara de dar un golpe de estado en un país pequeño.

El corazón de Stasia se hundió. Solo había un tipo de buenas noticias que le daría. «¿Qué es?».

«Logramos rastrear la amenaza en tu contra. Parece que agarrarte fue solo la primera etapa de un ataque de múltiples frentes. Los perpetradores están siendo enfrentados y deberías estar lo suficientemente segura como para dejar que la *niñera* se vaya antes». Por un segundo se preguntó si AR sabía lo que estaba pasando entre ella y Owen antes de recordar que ella había sido quien originalmente había llamado a Owen 'niñera'.

Era viernes Se suponía que Owen sería suyo hasta el martes.

«¿Perpetradores? ¿Múltiples? ¿Estás seguro de que encontraste a todos? Eso fue rápido». No quería exactamente sufrir otro intento de secuestro, pero se aferraría a cualquier cosa para mantener a Owen a su lado.

«Puede haber algunos rezagados, pero el plan se está desmoronando rápidamente y no tendrán los recursos para ir por ti». Sin duda, su hermano estaba sentado en medio de la telaraña tirando de los hilos para cerrar una trampa.

«¿Sabes por qué vinieron por mí?».

AR suspiró. «Objeción a un proyecto específico de la empresa. Los detalles son confidenciales. Planeaban mantenerte como rehén hasta que consiguieran los términos convenientes del Grupo Selby. No es la táctica de negociación más inteligente».

Porque Stasia valía menos que un proyecto del Grupo Selby, probablemente. Ella era simplemente la más fácil de atrapar de todos los niños Selby.

«¿Quieres que cancele el contrato antes de tiempo?», preguntó AR.

«No. Dices que podría haber rezagados, más vale prevenir que lamentar. Pero probablemente puedas retirar al equipo de vigilancia. No es necesario mantenerlos». Casi se había olvidado de ellos, y no podía ser divertido cuidar a una mujer que nunca salía de su casa.

«Ya lo hice. Sin embargo, estoy un poco sorprendido por el guardia».

No quería que AR causara problemas con el jefe de Owen. Más tarde encontrarían el camino para avanzar, si acaso existía.

«No es tan malo como pensaba».

«Eh. Bueno, tengo una llamada. Ponte en contacto con mi secretaria si cambias de opinión».

Colgó antes de que Stasia pudiera despedirse. Ella no iba a cambiar de opinión. Pero ahora tenía que averiguar cómo iba a aferrarse a Owen para siempre.

16

CAPÍTULO DIECISÉIS

Stasia estaba actuando de forma extraña y Owen quería saber por qué. Desde que había bajado a desayunar, algo había estado mal. Al principio le preocupaba que la fiebre de lujuria y emoción que se estaba formando entre ellos se hubiera apagado, pero cuando Em los dejó solos por un minuto, Stasia lo empujó contra la pared y lo besó como si su vida dependiera de ello.

Así que, no había problema con la lujuria.

«¿Quedarte en casa te está afectando?». En algún momento habían regresado a su habitación y ella estaba sentada junto a la ventana mirando hacia el parque. No sabía lo que estaba haciendo Em, pero ella parecía lo suficientemente feliz manteniéndose entretenida y en paz en la casa de Stasia.

«¿Qué?». Stasia lo miró, pero sus ojos estaban muy lejos.

No había mucho espacio para sentarse los dos, pero Owen logró acomodarse cerca de sus pies. «Sé que puede ser frustrante estar atrapado adentro. Podemos encontrar algo si necesitas un descanso». Sería difícil. Sin duda, el equipo de vigilancia lo odiaría, pero le daría el mundo a Stasia si ella se lo pidiera.

Parpadeó con fuerza y sacudió un poco la cabeza. «No, no es eso. Realmente sería una princesa malcriada por quejarme de estar encerrada en mi casa por unos días».

«No eres mimada». Podría haber sido su primer instinto, pero eso había sido porque no había visto la generosidad de su punzante espíritu. Stasia no se encariñaba rápidamente con la gente, Owen estaba bastante seguro de que él era una excepción, pero lo daba todo.

Ella sonrió irónicamente. «Lo soy. Un poco. Pero no de la manera que pensabas».

«Entonces, ¿cuándo aparecerán los sirvientes para masajearnos los pies y las manos?». A Owen no le importaría que lo mimaran un poco, pero no podía imaginarse a Stasia aguantando eso. Llevaba el sello de la autosuficiente estampado en su frente.

Ella extendió la mano, pidiendo en silencio su mano, y Owen entrelazó sus dedos. Era un poco incómodo y a su hombro no le gustó la posición, pero a su corazón le encantó. Cualquier motivo para tocar a Stasia.

Mi pareja.

Su lobo necesitaba aprender a callarse. Todavía estaba inquieto bajo su piel; los únicos momentos en los que se sintió como uno fue cuando estaba enterrado profundamente en Stasia, y el aroma de ella lo cubría. Se preguntó si una carrera lo arreglaría, pero era arriesgado correr en la ciudad, no es que si lo vieran alguien realmente creería que era un lobo.

¿Podría contarle a Stasia sobre esa parte de sí mismo? ¿Le creería?

Ver era creer.

Pero no podía simplemente cambiar allí mismo y mostrárselo. Era probable que lo echara de su casa y de su vida para siempre. Nadie sabía que existían los hombres lobo, al menos nadie que Owen conociera y que no fuera ya un hombre lobo. Y el equipo probablemente no sería muy amable con él revelando los secretos cuatro días después de conocer a alguien.

Podrían haber sido solo cuatro días, pero a su corazón no le importaba.

Y su lobo sabía lo que era ella, incluso cuando su mente todavía luchaba por mantenerse al día.

«Ellos…». Stasia comenzaba a hablar, pero su teléfono sonó. Owen lo habría dejado sonar, pero ella le dijo: «Tómalo. No dejes que te detenga».

Leyó el identificador de llamadas y tuvo que salir de la habitación. Andre lo estaba llamando, y no había forma de que se comunicara si no era importante. «¿Qué sucede?», preguntó Owen.

Escuchó una respiración pesada y una orden amortiguada que decía *apresúrate, maldita sea*, antes de que Andre hablara. «Vega recibió un disparo. Está… ¡joder! Toma las carreteras secundarias, es más rápido». Andre maldijo más antes de volver a hablar con Owen. «La herida no se cierra».

La propia mente de Owen lanzó algunas maldiciones selectas, y su lobo gruñó al pensar en su compañero de manada en peligro. No era exactamente cercano a Vega, pero el hombre era familia. «¿Qué pasó? ¿Cómo?». Una de las ventajas que habían descubierto sobre su condición de ser lobos, era la rapidez en las curaciones. Una herida de cuchillo que habría necesitado cientos de puntos podría sanar en una hora. Un disparo pasaba de ser fatal a apenas magullado con la misma rapidez.

«El trabajo estaba por terminar. Gibson y yo estábamos allí para terminarlo. Las cosas se pusieron mal. Aparecieron los policías y lo metimos en el auto. Tuvimos que dejar a Gibson para que se ocupara de eso. ¡Willa, date prisa!». Era malo si Andre usaba el nombre de pila de alguien, especialmente el de Willa.

«¿Por qué sigue herido?». Owen deambulaba y trataba de pensar en una manera de arreglarlo. No contaban con un médico, aunque todos tenían algún entrenamiento médico básico. No había parecido necesario cuando pensaban que eran básicamente invencibles.

«Yo. No. Sé». Las palabras fueron prácticamente gruñidas. «Necesita un médico».

«No puedes llevarlo a un hospital». Odiaba incluso decirlo, pero su secreto no podía salir a la luz. Owen no sabía si algo parecido a un lobo aparecería en los análisis de sangre, pero no podían arriesgarse. El ejército los había dado de baja a todos antes de que se produjera el primer cambio, pero temía que los retiraran a todos si se vislumbraba un poco de la verdad.

«Lo sé». Andre trató de respirar. «Tienes que llevar a la médica a la casa de seguridad».

«¿La médica?». No lo entendió al principio, y cuando lo hizo, el lobo de Owen se volvió loco. «¿Qué? ¡No! Ella no es parte de esto».

«Bryan va a morir si no lo ve un médico», siseó Andre, como si no quisiera que Willa o Vega escucharan. «La necesitamos. No hay otra opción».

Tenía que haberla. Owen se estrujó el cerebro, con la esperanza de aferrarse a una. Pero tenía una médica de urgencias altamente calificada sentada en la habitación de al lado que era su mejor esperanza para salvar la vida de su amigo.

Ella nunca lo perdonaría si descubría que no le había dado la oportunidad de intentarlo.

Mantenlo con vida hasta que lleguemos allí. Owen desconectó la llamada y respiró hondo antes de regresar al dormitorio de Stasia.

Debió haber leído algo en su rostro. «¿Qué ocurre?». Se levantó del banco y se acercó a él.

Owen no podía ser su amante ahora, no cuando el tiempo era tan corto. «Uno de mis compañeros de trabajo necesita atención médica. No podemos llevarlo al hospital. ¿Tienes material médico?».

En la casa de seguridad tenían un botiquín de primeros auxilios bastante completo, pero esperaba que Stasia tuviera más.

«¿Qué tipo de atención? Si es lo suficientemente malo como para necesitar un hospital, ahí es donde debería estar». Su frente se arrugó por la preocupación, incluso mientras se movía hacia su tocador y comenzaba a sacar la ropa.

«Sé que no tiene sentido, pero no puede ir al hospital. No es seguro». ¿Qué se suponía que tenía que decir? Lo siento, cariño, ¿tu guardaespaldas es un hombre lobo y también lo son todos sus amigos?

Su cabeza se levantó de golpe. «No es... esto no es algo ilegal, ¿verdad?».

«No, lo prometo». No conocía ninguna ley contra los hombres lobo.

Ella le dirigió una mirada dura durante varios segundos. Owen sentía que cada uno de ellos pasaba, sabiendo que era otra gota de sangre de Bryan Vega derramándose. Pero lo que sea que vio funcionó. Ella le dio un asentimiento.

«Hay un kit en la biblioteca. Tómalo. Dile a Em que nos vamos. Tomaremos tu auto».

«Llamaré al equipo de vigilancia». No sabía qué decirles, y ciertamente no quería que lo siguieran hasta la granja, pero se las arreglaría.

Extrañamente, Stasia hizo una mueca. «Iba a decírtelo. AR los canceló. Aparentemente, la amenaza ha sido controlada».

A Owen le faltaba algo allí. Algo importante. Pero sus pensamientos estaban en un torbellino, demasiado enfocados en la situación de Vega para entenderlo. Por el momento sólo estaba agradecido por la buena fortuna. «Voy por el kit».

Tenían que darse prisa. Vega no tenía mucho tiempo.

17
CAPÍTULO DIECISIETE

Esto estaba mal de mil formas y Stasia podría perder su licencia médica. Pero dada la forma en que Owen se desviaba por las calles y se abría paso entre el tráfico de Nueva York como si estuvieran en un videojuego de acción en vivo, tenía que ser serio. La vida de un hombre estaba en peligro. Ella era la única que podía ayudar.

En el asiento trasero, Em maldijo. Se había metido en el coche justo detrás de ellos y, aunque Owen la había mirado con enfado, no había perdido el tiempo discutiendo con ella acerca de venir. Era así de grave.

Pero, ¿por qué su compañero de trabajo no podía ir al hospital? ¿Había un problema con su ciudadanía? ¿Una orden de arresto? ¿Algo más? Owen prometió que no era ilegal, pero no se le ocurría ninguna razón no sospechosa para que alguien evitara ir al hospital por un problema que amenazaba su vida.

Cruzaron Brooklyn y serpentearon por las calles hasta que Owen se detuvo frente a un almacén. Stasia agarró con fuerza su kit médico. Este lugar no iba a ser estéril, y la infección era una amenaza contra la que lucharía hasta el final.

«Vamos». Owen estacionó el coche y los guio a través de la puerta. No estaba tan mal por dentro como lo había temido; el edificio estaba acondicionado con oficinas y estaba brillantemente iluminado, casi agradable. O lo habría sido si no hubiera oído a alguien gemir de dolor.

Empezaron a correr.

Stasia irrumpió por la puerta de una de las habitaciones y encontró a un hombre acostado en una mesa de exploración con otro hombre sujetándolo y una mujer sosteniendo un trapo ensangrentado sobre su hombro.

El músculo podría estar jodido, pero estaba vivo, por lo que su corazón probablemente no había sido herido.

No perdió el tiempo preguntándose por qué esta oficina/almacén tenía una sala de exámenes médicos, ni se molestó en hacer presentaciones. Fue directo al lavabo al costado de la habitación y se lavó las manos lo mejor que pudo.

«Lávense las manos», le dijo a Owen y a Em. «Puede ser que los necesite». Ella no sabía acerca de las otras dos personas, pero por la forma en que su paciente se retorcía, estaban tratando de evitar que se moviera demasiado. Era posible que el daño ya estuviera hecho.

«¿Qué pasó?», Stasia le preguntó a la mujer que aplicaba presión.

Miró hacia arriba y no podía tener más de veinticinco años, ojos azules brillantes llenos de miedo y confusión. Luego parpadeó y reaccionó. «Disparo. Hombro derecho.

Pistola, posiblemente nueve milímetros. Bryan ya ha recibido antes un disparo, ¿por qué no se está cerrando?», demandó.

«¡Willa!», espetó el hombre que sostenía a su paciente.

«Ella necesita saberlo, Andre».

Willa. André. Bryan. Stasia archivó esos nombres. «¿Alguna herida de salida?». No sabía a qué se refería Willa con lo de que la herida no se estaba cerrando, probablemente sólo era el pánico, aunque había dado el informe con aplomo. No tenían tiempo para preocuparse. La camiseta que sostenía contra la herida estaba empapada y, que ella supiera, no tenían sangre para transfundir.

«No», dijo Willa.

«Está bien». Esto iba a ser rápido y sucio. Stasia tenía un bisturí y necesitaba ver qué podía hacer. Sacar la bala probablemente causaría más daño que bien, pero tenía que ponerle los ojos encima, ver cuál era la situación.

Se acercó a su paciente. Bryan se movía, pero tenía los ojos cerrados y no parecía darse cuenta de lo que estaba pasando. «Bryan, ¿puedes oírme?», ella preguntó.

Gimió de dolor.

«Bryan», intentó de nuevo, «te voy a ayudar. Esto puede doler». Lo haría. No había manera de evitarlo. No tenía la costumbre de llevar consigo drogas fuertes, pero más tarde se preocuparían por el dolor.

Bryan seguía gimiendo.

No hay más tiempo que perder. Se encontró con los

ojos de Willa. «¿Había sangre a borbotones cuando empezaste a aplicar presión?».

«No, sólo sangrado regular».

«Bien. Necesito que te quites esa camiseta y vayas a sus pies. Mantenlos presionados. Probablemente se moverá cuando empiece a cortar». Odiaba pensarlo. Incluso en los días más oscuros en Bermeja no había necesitado cortar a los pacientes semiinconscientes.

Willa se movió. Stasia podía sentir a Em y a Owen de pie detrás de ella, pero los ignoró. Este era su elemento y tenía que hacer lo suyo.

Se encontró con los ojos de Andre. «¿Estás listo?».

El asintió.

Ella evaluó la herida y frunció el ceño por la forma en que su piel se había vuelto de un color gris casi imposible, como si algo del tinte de la camisa la hubiera empapado. Esperaba que eso fuera todo; ella no tenía idea de qué podría causar el problema de otra manera.

No era cirujana, pero tenía formación general y podía hacerlo.

Stasia hizo un corte más profundo en la herida de su paciente y reveló el músculo desgarrado debajo. «Necesito luz», exigió, y unos segundos después una linterna brillaba sobre su hombro. Debía haber sido Owen o Em, pero no miró hacia atrás para comprobarlo.

No tardó mucho en encontrar la bala. No estaba alojada profundamente y tenía una curiosidad distante de por qué le estaba causando tantos problemas a su paciente. Claro, debería haber dolido como un hijo de puta, pero no estaba cerca de nada vital y no estaba tan profundo.

«Fórceps», exigió ella.

«¿Qué?», preguntó Em, a quien podía oír hurgando en su bolso.

«Las pinzas gigantes. Y luego necesitaré el equipo de sutura».

«Entendido». Fueron empujados a la mano de Stasia.

Extrajo con cuidado la pieza de metal de la herida y la dejó caer en un recipiente que sostenía Owen. Solo miró hacia otro lado por un segundo, pero cuando volvió a examinar la herida, esta era más pequeña.

Imposiblemente más pequeña.

Los ojos de su paciente se abrieron de golpe y dejó escapar un rugido.

«¡Sujétalo!», Stasia exigió de Andre y Willa. La bala había salido, pero estaba lejos de estar a salvo.

Pero Bryan era un hombre poseído y luchaba contra ellos. El fórceps salió volando de su mano cuando él se levantó, y luego el bisturí también cayó, atrapando su antebrazo en el camino con una franja roja brillante y punzante.

Sus ojos estaban muy abiertos y cambiaron de azul a amarillo cuando algo comenzó a suceder en su rostro. Stasia no lo entendió. Ella no podía entenderlo. Esto no era algo médico. No era posible. Para empezar, no debería tener tanta energía, y mucho menos estar... cambiando.

El pelaje empezó a brotar y sus huesos se deslizaron con grandes crujidos. No debieron haber tardado más de unos segundos y Stasia estaba clavada en su lugar por la fascinación y el miedo.

Alguien le puso una mano en el hombro, como si intentara hacerla retroceder. Podía oír a lo lejos que alguien decía algo, pero el rugido de la bestia frente a ella lo ahogaba todo.

Un hombre lobo.

Debería haber sido impactante. Debería haber sido imposible. Pero ella lo estaba viendo con sus propios ojos. ¿Qué había para no creer? Sus manos acababan de estar en la carne de este hombre. No había manera de que esto fuera un truco.

El cambio se presentaba en su paciente y de repente se convirtió en un enorme lobo. Andre trató de agarrarlo y Willa debió haber retrocedido, pero nada impidió que el lobo se lanzara directamente hacia ella y le clavara los dientes en el hombro.

Stasia gritó.

18

CAPÍTULO DIECIOCHO

Owen estaba atrapado entre la necesidad de proteger a Stasia y la necesidad de arrancarle la garganta a Bryan Vega por atreverse a atacar a su pareja. Su lobo rugió hacia la superficie y exigió que se cambiara, pero luchaba contra el cambio. No sería de ayuda para nadie que tuviera patas.

Se interpuso entre Em y Bryan y empujó a la mujer hacia atrás antes de retroceder y agarrar a Vega por la nuca y apartarlo de Stasia. Stasia mostró más presencia de ánimo de lo esperado y pateó con un pie hasta que el lobo se tambaleó hacia atrás.

Andre se hizo cargo entonces, saltando sobre Vega y derribándolo al suelo.

Todo sucedió en un puñado de segundos.

«¿Qué está pasando aquí?», Gibson irrumpió en la habitación, Rowe y Jackson justo detrás de él, observando la escena: Stasia se apretaba el hombro, Em retrocediendo hacia una esquina y Andre sostenía a Vega en el suelo mientras Willa estaba congelada al pie de la mesa de exploración.

«¡Stasia!», Em echó un buen vistazo a su hermana y cargó hacia adelante, sin prestar atención al hombre lobo en el suelo o al mayor del ejército en la puerta.

El lobo de Owen se erizó ante la idea de que alguien se acercara a su pareja, pero podía razonar con la bestia. Em era su hermana; ella no haría nada para dañar a su pareja. Se podía confiar en ella. Aún así, dejó escapar un pequeño gruñido y dio un paso más cerca.

No quería a nadie más cerca de Stasia.

«Estoy bien», decía Stasia. «Necesito limpiar esto. Probablemente también unas suturas. Y creo que también tengo una herida en mi brazo». No sonaba como una mujer que acababa de descubrir que los hombres lobo existían, pero tenía la sensación de que confiaba en su entrenamiento. Tenía que ocuparse de sus problemas antes de que pudiera siquiera pensar en derrumbarse.

Owen quería dar la vuelta y cuidar a Stasia, pero tenía que protegerla de cualquier amenaza, y en este momento *todo* era una amenaza potencial. Sabía a distancia que los demás en la habitación eran personas en las que debería poder confiar, pero Vega había mordido a Stasia. Cualquiera podría hacerle más daño.

«¿Que está pasando aquí?», repitió Gibson, y por su tono no iba a preguntar por tercera vez.

Vega hizo un sonido triste, y Andre lo dejó levantarse una vez que estuvo claro que el lobo no estaba a punto de salir disparado en cólera.

Owen gruñó. Vega necesitaba pagar por lo que había

hecho, pero Willa se interpuso entre él y Vega, evitando que la pelea ocurriera antes de que pudiera comenzar. Owen podría haber estado agradecido por eso en otro momento, pero ahora solo quería atacar a Willa también.

«La Dra. Nichols extrajo algo del hombro de Vega», dijo Willa, respondiendo finalmente a la pregunta de Gibson cuando nadie más lo hacía. «Inmediatamente comenzó a cambiar y la atacó. No creo que supiera lo que estaba pasando».

«Saca a Vega de aquí. Vigílalo. Ve tú también, Jackson», exigió Gibson. Su rostro estaba oscuro por la ira y Owen sabía que la explosión no sería buena.

Willa, Jackson y Vega se fueron, lo que aún dejaba al resto de la manada. Debería haber sido una familia feliz, pero su pareja estaba sangrando y necesitaba ayuda.

Gibson miró por encima del hombro a Stasia. «Nosotros somos...».

Ella lo interrumpió. «Cuéntame de los hombres lobo más tarde. Alguno de ustedes tiene que tener algún entrenamiento médico. Necesito puntos. ¿A menos que estén dispuestos a *llevarme* a un hospital?». No la miró, pero podía imaginar el desafío en los ojos de su pareja y el orgullo lo invadió. No mucha gente podía hacerle frente a Gibson, pero Stasia lo hacía sin pensarlo.

«Rowe». Gibson no necesitaba decir más. Rowe tenía la mayor formación médica de todos y definitivamente sabía cómo limpiar una herida y dar puntos.

Owen lo detuvo.

«Hazte a un lado», dijo Leland Rowe en voz baja.

«No». Estaba luchando contra su lobo con todo lo

que tenía para evitar atacar. Necesitaba mantener a Stasia a salvo y su lobo estaba seguro de que dejar que alguien se acercara a ella sería un error. Y dado cómo había resultado la última hora, no podía estar en desacuerdo.

«¡Owen! Tiene que mirar». Stasia parecía sin aliento, y eso finalmente fue suficiente para que él se moviera. Estaba pálida, incluso más pálida que de costumbre, y el sudor le corría por la frente. Em sostenía una gasa en su herida, pero ya estaba comenzando a sangrar.

Y aun así su lobo no se movió. Necesitaba proteger a su pareja.

«Gordon», dijo Gibson. Y Owen no sabía por qué, pero un segundo después, Andre se precipitó sobre él y cargó hasta que ambos estuvieron fuera de la habitación. Gibson cerró la puerta de un portazo y Owen lo escuchó echar la cerradura.

Aulló y luchó contra el agarre de Andre.

«Necesito estar allí. Ella me necesita». Sus dientes eran más largos de lo que deberían haber sido y su visión estaba *borrosa* en la forma en que a veces se volvía cuando cambiaba a su otra forma. Estaba perdiendo el control de su forma humana cuando su lobo exigía hacerse cargo.

Owen quería rendirse a él; quería tomar el poder que su lobo podía darle y evitar que nadie volviera a tocar a Stasia nunca más.

«Cálmate antes de que te golpee», amenazó Andre.

No había mucho que podía contener a un hombre lobo enfurecido, pero Gibson había encontrado algunas esposas anticuadas que podían servir. Owen se había preguntado por qué pensaba que las necesitaba, pero la amenaza era suficiente para hacerle pensar que tal vez Gibson tenía razón. Y sabía que Andre lo ataría sin dudarlo.

«Estoy calmado», prometió Owen, aunque su corazón latía tan fuerte que podía escucharlo en sus oídos.

«No lo estás». Andre lo fulminó con la mirada, pero él aflojó su agarre. «Vamos. No sé qué está pasando, pero probablemente deberías alejarte un poco».

«Intenta moverme». Owen estaba fuera de la habitación. No podía ver a su pareja, pero el olor de su sangre aún estimulaba sus sentidos. «No puedo evitar que Rowe la toque, pero no voy a mover más un pie».

19
CAPÍTULO DIECINUEVE

LELAND ROWE TENÍA UNA MIRADA AMABLE Y UNA MANO FIRME, pero eso no hacía que los puntos fueran menos dolorosos. Em estaba justo a su lado, agarrando su brazo ileso mientras Rowe trabajaba en su hombro.

Pero Stasia quería a Owen.

Tuvo que empujar el pensamiento tan atrás en su mente como pudo. Owen se había asustado como un rey a pesar de que *ella* era la que, sin saberlo, había estado operando a un maldito hombre lobo. Si fuera razonable, probablemente estaría de acuerdo con la evaluación de Owen de que no podían llevar a Vega a un hospital.

En cambio, quería gritar. Pero si gritaba y se agitaba tanto como quería, iba a arrancar los puntos que Rowe ya le había hecho y arruinar lo que le quedaba por hacer.

«No eres tan malo en esto», dijo. Quería preguntarle si él también era un hombre lobo. ¿Lo eran todos?

¿Owen, lo era?

¿O sólo estaban todos guardando el secreto de Vega?

¿Cuál sería peor?

«Entrenamiento médico de campo», respondió Rowe.

«¿Ejército?», preguntó Em después de apretar los dedos de Stasia. Debía estar enloqueciendo casi tanto como Stasia, pero por ahora parecía lo suficientemente tranquila.

«Sí». Rowe terminó la puntada y vendó la herida, que estaba justo en el pliegue de su hombro y seguramente le dolería cada vez que Stasia se moviera.

Retorció el brazo e hizo una mueca por el tirón de los puntos, pero tenía que ver el daño que el bisturí le había hecho en el antebrazo. Excepto que no había una herida allí. La piel estaba impecable.

¿Cómo?

Recordó el dolor punzante cuando la hoja la cortó y había sangre en su camisa donde había presionado su brazo contra ella para detener el flujo. Pero ahora parecía que nada había pasado. ¿Se había equivocado? Era fácil confundirse cuando un hombre lobo enojado se abalanzaba sobre uno.

Tenía que ser eso. Stasia se tocó el brazo para asegurarse de que la herida no se ocultaba de alguna manera, pero eso no sirvió de nada.

«¿Hay algo mal?», preguntó Em en voz baja mientras Rowe retrocedía.

«Pensé...», Stasia no quería decirlo, temerosa de que sonara como una locura, como si algo pudiera sonar extraño después de lo que acaba de ocurrir. «Estoy bien».

Em se burló. «Te acaba de morder un maldito hombre lobo». Se estremeció y su expresión se desvaneció, pero pegó su mejor sonrisa, del tipo que mostraba al público todas las noches durante la gira. Em podía fingir que todo estaba bien y que Stasia iba a seguir su ejemplo.

Rowe estaba junto a Gibson y ambos la miraban como si le estuviera saliendo una segunda cabeza... o pelaje. Quería a Owen allí. Em podía sostener su mano como una campeona, pero había algo en la presencia de Owen que la hacía sentir segura. Protegida.

Amada.

Era demasiado pronto para eso. Apenas podía soportar pensarlo. Y muy pronto su mente se pondría al día con toda esta situación y se enfadaría muchísimo con Owen y el resto de ellos. Él *sabía* lo que Vega era. La había puesto en peligro.

Oh. Bueno, ahí estaba la ira. Eso alejaba el dolor de los puntos y Stasia se levantó de donde había estado sentada.

La puerta se abrió detrás de Gibson y Owen entró corriendo. No se detuvo hasta que estuvo justo en frente de ella, esos ojos conmovedores la recorrieron, asegurándose de que estaba bien. Se enganchó en los puntos de su hombro donde le habían arrancado la camisa, y ella juró que lo escuchó gruñir.

¿Hombre lobo?

¿Hombre?

«¿Qué está pasando, Owen?». Quería arrojarse a sus brazos y exigirle que hiciera todo bien. Él era su guardaespaldas, incluso si la amenaza principal se estaba resuelta. Pero eso no importaba. Ella no quería que él se fuera *nunca*, incluso si estaba enojada con él.

«Llevemos esto a un lugar un poco menos sangriento», dijo Gibson, interrumpiendo su reunión.

Owen alargó la mano y entonces la tocó, con cuidado de evitar los puntos y abrazándola como si fuera una joya preciosa. Después de un segundo, entrelazó sus dedos y la condujo fuera de la habitación hacia donde Gibson los estaba llevando. Em los siguió de cerca.

La nueva ubicación resultaba ser algo así como una gran sala de descanso con algunos sofás y sillas y un enorme televisor colgado en una pared.

«Este es un lugar agradable», dijo Em con un poco de sorpresa mientras se sentaba en una de las lujosas sillas.

Stasia quería ponerse de pie, pero entre la emoción de tratar a Vega y la adrenalina del mordisco, estuvo a punto de estallar. Se hundió en el sofá más cercano y no se quejó cuando Owen se sentó a su lado.

Solo tomó unos minutos más para que el resto del equipo —¿manada? —, se uniera a ellos. Andre Gordon, Willa Hunter, Leland Rowe, Erin Jackson e incluso Bryan Vega, quien había logrado volver a su forma humana y solo tenía un poco de piel magullada y enrojecida en su hombro desnudo para mostrar la herida de bala.

«¿Me voy a convertir en un hombre lobo?». El corazón de Stasia latía alocadamente, pero sonaba tranquila. No estaba exactamente segura de cómo lo estaba haciendo, pero a menos que comenzara a gritar, mantendría el equilibrio tanto como pudiera. Miró directamente a Owen y volvió a preguntar. «¿Lo soy?».

Su boca se abrió y cerró varias veces y sus ojos se agrandaron.

«No lo sabemos». Fue Gibson quien respondió. «Nadie había mordido a otra persona antes». Miró a Vega.

El joven, y era joven, al menos diez años más joven que Stasia, bajó la cabeza y dejó escapar un suspiro tembloroso antes de volver a levantar la vista y mirarla a los ojos. «Lo siento. Lo siento mucho».

Tal vez se suponía que Stasia debía perdonarlo, pero ¿cómo podría hacerlo? Ella solo asintió y eso pareció satisfacer al chico. Bien. Ella no tenía más para dar.

«¿*Todos* ustedes son hombres lobo?». El calor de Owen era suficiente para quemar, y tal vez ella debería haberse alejado de él si secretamente fuera un monstruo, pero nada en él la hacía pensar que era monstruoso, incluso si era un hombre lobo.

«Lo somos», lo confirmó Gibson.

«¿Nacieron así?», preguntó Em.

Buena pregunta. Estaba tan contenta de que Em se hubiera subido al auto con ellos. Pronto iba a necesitar apoyo moral, o al menos la memoria de Em. El trauma tenía una forma de jugar con la cabeza de una persona.

«No», dijo Gibson.

«Entonces, ¿no deberían saber sobre la mordedura?» *Dolía*, y Stasia no quería respuestas de mierda. Había hecho una buena acción, había salvado una jodida vida. Ella merecía saber la verdad. Su novio/guardaespaldas aparentemente era un hombre lobo, y no se había molestado en decir una palabra al respecto. Había sido mordida por un maldito hombre lobo. Y ahora estaban jugando juegos de palabras. «Díganme qué está pasando».

Hubo un pesado silencio en la habitación después de la demanda de Stasia. Le preocupaba que nadie hablara, pero finalmente Owen rompió el silencio.

«Comenzó hace dos años en Alemania».

20
CAPÍTULO VEINTE

Hace dos años

Lo último que Owen recordaba era que estaba saliendo de la base. No estaba seguro de por qué. Pero eso era bastante normal. Seguro como el infierno que no había tenido la intención de terminar en medio de un bosque en alguna parte, con las manos atadas y en medio de algún extraño ritual organizado por adoradores del diablo.

¿Eran adoradores del diablo? ¿Existían realmente los adoradores del diablo?

Recordó haber oído hablar de ellos cuando era niño y pensó que todo era falso. Pero ahora estaba en medio de un círculo de aspecto mágico y había un tipo que vestía una túnica negra con pieles de animales sobre los hombros y estaban rodeados por guardias que portaban armas de aspecto malvado.

¿Los adoradores del diablo necesitaban armas?

Su mente se sentía como en el espacio y le dolía la cabeza. ¿Había sido golpeado? Eso era muy posible. Quería palpar alrededor en busca de una herida, pero con las manos atadas apenas podía moverse. Y la parte táctica en el fondo de su mente le decía que sería una mala idea que el brujo en medio del círculo se diera cuenta de que estaba despierto.

¿Brujo? ¿Bruja? ¿Hechicero? Esto era demasiado para él. Algo así como "*El señor de los anillos*".

Pero quienquiera que fuera el hombre mágico, no estaba prestando atención a Owen en ese momento, por lo que Owen hizo todo lo posible para mirar a su alrededor sin retorcerse demasiado. Y no era la única persona atada.

No estaba seguro de los nombres de los demás, aunque estaba bastante seguro de que el más viejo era un maldito mayor. De hecho, pensó que reconocía a todos de la base. Secuestrar a un puñado de soldados estadounidenses de una base militar no podía ser fácil y era bastante suicida. ¿Creían que el Ejército iba a andarse con juegos? Vendrían con las armas desenfundadas para recuperar a su gente.

Y esto era Alemania. Se suponía que era seguro. Había estado mentalizado para conseguir esta asignación. Terminar atado en el bosque como si estuviera interpretando un papel en un cuento de hadas antiguo no era como Owen esperaba que fueran las cosas.

Había siete antorchas ardiendo a su alrededor y el brujo estaba haciendo algo en un altar en medio de ellos.

¿Era esto un sacrificio humano? La mamá de Owen enloquecería si se enteraba de que lo habían asesinado por un sacrificio humano. Era una buena mujer católica y ningún sacerdote podría explicar esto.

El brujo se volvió hacia él, llevando un cuchillo brillante y aterrador.

«No tienes que hacer esto». Este era el momento de razonar con él, si era posible hacerlo con algún tipo de invocador de demonios de uno de los cuentos de hadas de Grimm.

El hombre no habló, sus labios formaban una sonrisa aterradora con dos dientes afilados. No parecían humanos. ¿Sería humano? Tal vez era un demonio.

«¡No, no, no!». Owen trató de forcejear, pero el hombre no se detuvo. Y bajó el cuchillo, pero no lo apuñaló. En lugar de eso, cortó una franja sana de piel del pecho, lo suficiente como para picar y sacar sangre, pero no bastante como para causar mucho daño.

¿Qué carajo? Luego recogió parte de la sangre que goteaba en una copa de metal de algún tipo. No, un cáliz. Ese era el nombre correcto para una elegante copa mágica.

El brujo o demonio continuaba el ritual con cada uno de los soldados atados. Uno de los guardias salió a la luz y Owen pudo verle bien el rostro. Hizo todo lo posible por memorizarlo. Si salía de esto, quería regresar por esta gente. Quería que pagaran por cualquier mierda rara que estuvieran haciendo.

Pero el brujo había terminado con cualquier tarea

extraña que estaba realizando y volvió al centro del círculo.

Empezó a cantar. Owen no tenía ninguna habilidad especial con idiomas, pero podía reconocer algunas palabras por haber estado estacionado en todo el mundo. Esto no era algo que reconociera. No se parecía a nada que viniera de la Tierra. Era profundo y gutural e hizo que le dolieran los oídos.

La piel donde había sido cortado comenzó a arder mientras el hombre seguía cantando, y Owen tenía que estar volviéndose loco porque era como si un espectáculo de luces comenzara frente a sus ojos. Primero fue una luz azul girando en círculos, y se preguntó si sería algún tipo de LED instalado. Pero no había nada tecnológico aquí. Y luego se le unió una luz roja y las dos luces bailaron en el aire y dieron vueltas como un ciclón.

La voz del brujo se hizo más y más fuerte, y Owen estaba seguro de que sus oídos comenzaban a sangrar. Perdió de vista a los guardias, y fue como si se hubieran alejado en la oscuridad del bosque para darle privacidad al hechicero en esta parte de su ritual.

El brujo lanzó un grito y las luces azules y rojas estallaron en una torre de energía antes de descender en picado y atacar a Owen y a sus compañeros de prisión.

Podía sentir el poder con la fuerza de un puñetazo que lo dejó sin aire.

Respiraba, pero sus pulmones estaban en llamas y el dolor crecía más y más hasta que no pudo más y se desmayó.

Se despertó, pero estaba seguro de que estaba muerto.

¿Esto era el cielo?

Tal vez no. Esperaba que no. El ejército de los EE. UU. era dueño de su cuerpo, pero él nunca había cedido su alma. Y reconoció los uniformes a su alrededor. Era un escuadrón más pequeño de lo que hubiera esperado. Estaban consultando con él y sus compañeros de prisión, y había un médico allí para darles oxígeno y asegurarse de que siguieran con vida.

Miró a su alrededor, y no parecía que hubiera pasado nada. No había altar. Ni antorchas. Ningún brujo. Las ataduras de Owen habían sido liberadas y alzó su mano para tocar el corte en su pecho, pero ya no estaba.

¿Una alucinación?

No tenía tanta imaginación.

Las cosas habían ido muy rápido después de eso y Owen apenas tuvo tiempo para pensar.

Le quedaban años en su contrato, pero la política tenía una manera de arruinar la carrera de cualquiera, y en poco tiempo, Owen se vio despedido con una indemnización saludable y órdenes de guardar silencio sobre todo el asunto.

El Ejército no quería que se supiera que soldados habían sido secuestrados en una de sus bases. Y si tenían alguna idea de lo que les habían hecho, no lo dirían.

Fue entonces cuando Owen conoció al Mayor Gibson. El hombre se acercó a él primero cuando estaban en los Estados Unidos y le sugirió que tal vez sería una buena idea que se mantuvieran juntos.

Sí. Eran las únicas personas que entendían lo que realmente había sucedido. Mantenerse unidos parecía una buena idea.

————

Un año y nueve meses atrás

No era la luna llena. Era de noche y la luna era grande, pero no estaba llena.

En los últimos tres meses, habían comenzado a armar una empresa de protección privada. Gibson tenía contactos y estaba activando sus sensores.

Pero pasaban mucho tiempo en su granja en Pensilvania. Y esa noche estaban todos afuera en el aire frío sentados alrededor de un fuego y asando malvaviscos.

Hunter lo sintió primero. Se puso rígida donde estaba sentada, bajando el palo que estaba usando para calentar su malvavisco.

«¿Estás bien?», preguntó Jackson. Extendió una mano para apretar el hombro de Hunter.

«Yo...». Hunter se derrumbó del pequeño banco en el que estaba sentada y todos se pusieron en movimiento.

Pero lo que sucedió a continuación fue aún más extraño que la noche en el bosque alemán. Hunter gritó y tiró de toda su ropa hasta que la dejó en un montón a su lado, y luego su cuerpo comenzó a cambiar, el pelaje creció donde definitivamente no debería crecer, la cara se alargó hasta que tuvo un hocico y los dientes se alargaron y se alargaron, pareciendo mortales.

Se había transformado en un lobo y aullaba.

Y ese aullido fue lo que se necesitó para que el cambio desgarrara al resto de ellos.

Owen no tenía idea de cuánto tiempo había tomado. No dolió. No mucho. Y una vez que su cuerpo cambió de humano a lobo, no le importó que fuera imposible.

Todo lo que quería hacer era correr.

Y así corrieron juntos, su primera vez como manada.

Y horas más tarde, cuando regresaron, ninguno de ellos en mal estado, se acurrucaron juntos y se dieron cuenta de que lo que sea que les habían hecho en Alemania era grave.

———

En el presente

Owen miró a Stasia e intentó leer su rostro. Odiaba que todavía pudiera ver el vendaje de la mordedura cosida en su hombro. Podría matar a Vega por haberla atacado. No importaba que no fuera culpa del joven. Ella era la pareja de Owen. Moriría para protegerla.

«Desearíamos contarte más», dijo. «Pero hemos estado averiguando todo este asunto del hombre lobo por nuestra cuenta. Ninguno de nosotros fue mordido. No sabemos si eso es real o no. Y no sabemos qué te va a pasar a ti. Pero nosotros, *yo*, te protegeremos».

Stasia respiró hondo y asintió. Owen se inclinó hacia delante y la besó en la frente. Quería hacer más que eso. Quería esconderla del resto de este grupo hasta que tuvieran más información sobre lo que iba a pasar. Pero tenía la sensación de que ella no permitiría que la escondieran.

Su rostro estaba completamente en blanco, y luego parpadeó y le ofreció una valiente sonrisa. «Así que podría convertirme en un hombre lobo. Genial. ¿Alguien tiene algo para comer?».

21

CAPÍTULO VEINTIUNO

STASIA NO ESTABA SEGURA DE CUÁNTO TIEMPO MÁS PODRÍA poner cara de valiente. Hombres lobo. Raros hombres lobo. Su hombro punzó en respuesta a la mordedura en la que estaba tratando de no pensar, y no pudo evitar preguntarse si pronto estaría aullando a la luna.

Ella y Em escaparon a la sala de examinación para tomarse unos minutos ahora que tenían conocían la historia según Owen. Todos los demás habían estado de acuerdo con su relato, por lo que pensó que no estaba muy lejos de la verdad.

Un brujo los había convertido en hombres lobo en una especie de ritual mágico en la Selva Negra de Alemania. Reconocía un cuento de hadas cuando lo escuchaba, pero considerando que había visto a un hombre convertirse en lobo con sus propios ojos, lo creía. No importaba que su cerebro entrenado médicamente protestara que era imposible. Ella lo había visto y no había manera de que fuera un truco.

Se hundió en una de las sillas de la sala mientras Em se apoyaba en el mostrador. Stasia no podía soportar ni un minuto más. Le temblaban las piernas y se sentía al borde de un ataque de pánico. En este momento, sólo la presencia de su hermana era lo que la mantenía cuerda.

«¿Cómo lo estás llevando?», preguntó Em. Buscó algo en el mostrador, el pequeño contenedor en el que Stasia había arrojado la bala que había alcanzado a Vega, y comenzó a cambiarlo de mano en mano, inquieta. Era un viejo hábito que tenía, uno al que solo recurría cuando estaba nerviosa.

El contenedor no era un juguete y ciertamente no era higiénico, pero Stasia no podía pensar en eso en ese momento.

«Realmente no lo sé». Había visto cosas raras antes. Eso venía con el tipo de educación que había recibido y el trabajo al que se había dedicado. Un montón de cosas raras llegaban a la sala de emergencias. Pero ella nunca había imaginado a hombres lobo.

¿Cómo se suponía que debía reaccionar? ¿Se suponía que debía enojarse con Owen por mentirle? *¿Podría hacerlo?* ¿Cuándo hubiera surgido esa conversación? ¿Antes de que follaran? No era como si pensara que la licantropía era una enfermedad de transmisión sexual. Y no había forma de que ella le hubiera creído de todos modos.

«Es un poco genial, ¿cierto?». Em no sonaba tan segura mientras hablaba, pero había un poco de asombro infantil debajo de su tono.

«¿Genial?». Esa era una palabra. Aunque las obsesiones infantiles de Stasia se habían dirigido más hacia los vampiros que hacia los hombres lobo. Pero una cosa era fantasear con lo de otro mundo y algo completamente diferente descubrir que era real.

«Quiero decir, sí. Tu novio es como un superhéroe o algo así». Soltó el contenedor y tomó una de las herramientas que yacía sobre el mostrador y clavó la bala.

¿Era su novio? Stasia no lo negaba, incluso si probablemente necesitaban hablar alguna vez. Más de una vez. «¿Qué estás haciendo?». Se levantó de la silla y se acercó a Em para ver lo que estaba mirando. Y se sintió aliviada cuando su hermana no retrocedió. A Stasia ni siquiera se le había ocurrido temer eso, pero ahora se dio cuenta de que su hermana podría tener miedo. «No te asusta que me pueda convertir en un monstruo, ¿verdad?».

Em se rió. «Te he visto con síndrome premenstrual. Sé exactamente lo monstruoso que puedes llegar a ser». Cogió la bala con unas pinzas limpias y la inspeccionó. «¿Tienes algo para lavar esto?».

«¿Por qué?», Stasia preguntó mientras encontraba lo que su hermana necesitaba. Em siempre había tenido una mente inquisitiva y probablemente habría sido una investigadora de algún tipo si no se hubiera convertido en una estrella del pop.

«Estaban alucinando por esto. Voy a suponer que normalmente no se ocupan de este tipo de cosas. Y si las leyendas sirven de algo, ¿no deberían tener un súper factor de curación o algo así? Era una *pequeña* bala. Incluso un humano podría haberse sacudido eso». Dejó el recipiente sobre la mesa y tomó un paquete de solución salina que Stasia encontró sobre el mostrador. Lavó la sangre para revelar la bala gastada.

Parecía una bala. Pero Stasia no estaba segura de que fuera *sólo* eso. No había lidiado con muchas heridas de bala. Y con las que se había enfrentado, no había retirado la bala. A menudo causaba más daño, incluso intentarlo.

«Aquí hay algo más», dijo Em mientras recogía la bala lavada con las pinzas y se la acercaba a la cara.

«¿Qué quieres decir?». ¿Cómo podría haber algo más en una bala?

«Mira». Em sacudió un poco las pinzas como si eso le diera una pista a Stasia. «Casi parece que se fusionó con algo».

«¿Estás mirando la bala?». Ambas saltaron cuando Rowe las interrumpió. Estaba de pie en la puerta abierta y las observaba con curiosidad.

No era como si tuvieran algo que ocultar, incluso si Stasia sentía que tal vez deberían hacerlo. «Estamos trabajando en el supuesto de que ustedes sanan más rápido que las personas normales», dijo. «¿Tendría razón en eso?». Dada la forma en que Vega se curó en el segundo en que la bala salió de él, tenía que ser cierto.

Rowe asintió y entró completamente en la habitación. «Participamos en algo imprudente, tratando de descubrir nuestros límites. Se necesita mucho daño para someternos».

«¿Así que no solo una bala?», preguntó Em.

«Eso sería correcto».

«¿Qué tal una bala de plata?», preguntó, agitando las

pinzas con más confianza de la que Stasia tenía. «O una bala con cosas plateadas».

«¿Qué?». Eso hizo que Rowe cruzara la habitación para mirar más de cerca la bala. «¿Crees que alguien nos disparó una bala de plata?».

Em se encogió de hombros. «¿O tal vez golpeó algo plateado antes de que golpeara a Vega?», ella sugirió. «¿Tal vez un tenedor o un candelabro?».

Rowe pensó por un momento mientras miraba la diminuta pieza de metal que casi había matado a su amigo. «Había candelabros de plata a nuestro alrededor, por lo que es posible que la bala atravesara uno y se fusionara con la plata». Tomó las pinzas de Em y pudo ver mejor la bala.

La dejó caer sobre su mano y se estremeció cuando tocó su piel, luego pasó sus dedos alrededor y la sostuvo con fuerza durante unos cinco segundos antes de arrojarla de nuevo al recipiente. Cuando volvió a abrir la mano, había una roncha roja que parecía una picadura de mosquito.

«Esperaba algo un poco más dramático», admitió Stasia. A juzgar por las películas, su piel debería haber estado espantosa, no solo levemente irritada. Por supuesto, ella no estaba viviendo en una película.

Rowe se rió un poco. «Yo también, honestamente. Es por eso que me estremecí. Hemos jugado con plata. ¿Cómo no podríamos? Somos malditos hombres lobo. Pero es muy difícil encontrar armas de plata y es una especie de metal blando. Pero tal vez alguien descubrió algo. Tengo que decirle esto a Gibson». Rowe recogió el contenedor con la bala dentro.

«Por supuesto». Stasia probablemente se lo habría dicho al jefe ella misma si hubiera tenido unos minutos más para pensarlo. «Este es el primer problema médico importante que has tenido, ¿no es así?», preguntó Stasia. Le dolía pensar que podría haber sido Owen acostado en esa mesa. No conocía muy bien al resto de ellos, pero parecían bastante amables. Ahora entendía por qué no podían ir a un hospital.

Rowe asintió. «En su mayoría han sido cortes y moretones», dijo. «Tengo suficiente entrenamiento médico para manejar eso. Y nos curamos lo suficiente-mente rápido como para que normalmente no se nece-site. También hubo un episodio de intoxicación alimentaria. Pero, de nuevo, nos curamos».

«Lo han hecho. Hasta ahora. Pero, ¿y si no hubiera sacado esa bala de Vega?». No sabía si la bala podría haberlo matado. Ella no sabía *nada*. Pero su cerebro médico ya estaba trabajando duro para pensar en las cosas que necesitaba esta manada. Y un médico capaci-tado real podría hacerles mucho bien.

«Tal vez deberías hablar con Gibson sobre eso», sugirió Rowe. «Voy a ir a hablar con él sobre la bala ahora. ¿Ustedes dos necesitan algo?».

No necesitaban nada. Rowe las dejó solas y Stasia volvió a sentarse. Tal vez era hora de pensar en cómo poner en práctica sus habilidades en un nuevo campo.

22
CAPÍTULO VEINTIDÓS

OWEN ESTABA LISTO PARA DESTROZAR LA OFICINA EN BUSCA DE Stasia. Primero exigió que Rowe le dijera dónde estaba, pero Rowe no lo sabía. Em estaba sola en la cocina y nadie más tenía respuestas.

El lobo de Owen amenazaba con hacerse cargo y usar sus sentidos superiores para cazarla, pero no estaba dispuesto a hacerlo. No ahora. Tenía la sensación de que Stasia estaba harta de los lobos por un día y no estaría ansiosa por verlo en su otra forma.

Eso no hizo feliz a su lobo. Pero no tenía tiempo de calmar a la bestia. Más tarde. Sólo tenía que encontrar a Stasia y entonces todo estaría bien.

Ella no estaba en los dormitorios de arriba. Gibson había insistido en construir los dormitorios por si necesitaban albergar a un cliente o quedarse en la ciudad, y hoy finalmente tenía sentido.

Finalmente revisó el almacén. No lo usaban mucho, aunque era una buena área de entrenamiento con todo ese espacio abierto. La encontró sentada sobre una pila de tarimas, con las piernas balanceándose de un lado a otro y las tablas balanceándose precariamente con cada movimiento. Pero Stasia no parecía demasiado preocupada por caerse. Le dedicó una sonrisa apagada cuando lo vio.

Owen caminó hacia ella, pero se obligó a dejar algo de distancia entre ellos. Quería tomarla en sus brazos, quería abrazarla, besarla, reclamarla y follarla hasta que ambos olvidaran sus nombres. Su lobo sabía que era lo correcto. El hombre no estaba tan seguro.

«¿Disfrutando del paisaje?», preguntó. Quería preguntarle si estaba bien, pero tenía la sensación de que ella podría gritar si lo hacía. Todos estaban preocupados por su bienestar. Y si ella estaba sentada en un almacén vacío en lugar de en cualquiera de las habitaciones amuebladas, tenía la sensación de que estaba tratando de escapar de esa preocupación.

«Esto es realmente lo mejor que ofrece Nueva York, ¿no es así?». Su tono era irónico, pero le dedicó una pequeña sonrisa.

Ella estaba bromeando. Eso era bueno. No bromeaba tan a menudo, y menos cuando las cosas eran increíblemente serias.

«No lo sé. Hay un contenedor de basura en la parte de atrás del que los turistas no se cansan». No pudo resistirse a dar un paso más cerca, pero no la tocó. Si la tocaba, no creía que fuera a detenerse.

«Estoy bien», dijo, pero sonaba como si estuviera tratando de convencerse a sí misma. «Veo que quieres preguntar. El hombro realmente no me duele tanto. Tomé un par de tabletas de ibuprofeno y eso parece haber ayudado. Y no veo que me esté saliendo ningún pelaje extraño. Y me siento la necesidad de perseguir ardillas». Se movió sobre la tarima, pero estos también se movieron debajo de ella, así que saltó para evitar caerse.

«No es por eso que vine aquí», dijo Owen. Estaba tan cerca que él podía acariciarla. ¿Ella lo detendría? Prácticamente vibraba con la necesidad de cerrar la distancia entre ellos, pero hizo todo lo posible por mantenerse quieto.

«Entonces, ¿por qué lo hiciste? Obviamente, todos están preocupados porque estoy a punto de convertirme en un hombre lobo». Ella sacudió su cabeza en incredulidad. «¿Cómo es que esto sea mi vida?»

«Debería haberte dicho». No sabía cómo no estaba furiosa con él en este momento. Era el secreto más grande que tenía que guardar, y nunca se le había ocurrido siquiera mencionárselo. Solo cuando la estaba conduciendo para que viniera a ver a Vega, se preguntó si debería decir algo. Pero no hablaban de ello con extraños.

Pero Stasia no era una extraña.

«Si me lo hubieras dicho, no te habría creído. Habría pensado que estabas loco. Pero supongo que entiendo por qué no pudiste llevar a Vega al hospital».

«Todavía lo siento».

«Está bien. Entonces, ¿por qué *viniste* aquí?».

«Solo quería estar contigo». No era de los que ocultaban sus emociones. Sentía lo que sentía y no se avergonzaba de ello. No quería separarse nunca del lado de

Stasia, y la hora más o menos que habían pasado separados ese día era más que suficiente. ¿Eso lo hacía empalagoso? Esperaba que no. Todo era demasiado nuevo entre ellos para que él quisiera marcharse todavía.

«¿Hay algo mal?», preguntó ella, con la cara arrugada como si estuviera tratando de resolver el problema.

No estaba escondiendo lo suficientemente bien la necesidad impulsiva dentro de él. «Quiero besarte». No se habían besado en horas y estaba hambriento por eso.

«Eso no suena como un problema».

«Si te beso, no sé si podría parar». La honestidad era cruda, arrancada de su pecho y dejando su alma allí para ella.

«Eso no suena como un problema», repitió.

Owen no necesitaba que se lo dijeran dos veces. Cerró la distancia entre ellos y la rodeó con sus brazos, uniendo sus bocas en un beso apasionado. Su cuerpo encajaba contra el de él como si estuviera hecho para él y nunca se cansaría de la sensación suave como la seda de su piel.

Abrió la boca debajo de la de él y dejó que su lengua la saqueara. Su sabor lo rodeó y Owen gimió. Esto era perfecto. Esto era un placer.

Esto no era suficiente. Levantó una de sus piernas y luego la otra, instándola a envolver sus piernas alrededor de su cintura y darle todo su peso. Y luego la hizo retroceder hasta que ella estuvo descansando en esa precaria pila de jergones y lo entregó todo al beso.

Su pene estaba duro como el hierro y estaba atrapado entre ellos, y cambiaría todo lo que poseía por el poder de incinerar mágicamente sus ropas para poder follarla allí mismo.

Pero escuchó la bocina de un automóvil afuera, y fue un sombrío recordatorio de que cualquiera podía entrar en cualquier momento.

Esto era algo privado, algo entre él y Stasia. No iba a dejar que nadie más los viera.

Un ascensor de servicio en el almacén los llevó la mayor parte del camino hasta el piso residencial, y luego fue solo una escalera más para que entraran a la habitación en la que se estaban quedando esa noche.

Gibson le había preguntado si Stasia necesitaría una habitación propia, pero Owen había dicho que la compartirían. No dejaría que su pareja se alejara de él.

Era solo una cama tipo matrimonial, en lugar de un tamaño Queen, y el ajuste sería apretado, pero harían que funcionara. Owen cerró la puerta de una patada y sentó a Stasia en la cama. Y en el tiempo que le tomó darse la vuelta, encender la luz y luego regresar, ella se había quitado la mitad de la ropa y estaba empezando a quitarse los pantalones.

Sus ojos se engancharon en el vendaje de su hombro y gruñó ante la idea de que alguien más le hundiera los colmillos.

Podría matar a Vega por eso. Por atreverse a hacerle daño a su pareja.

«Carajo, ¿cómo demonios no me di cuenta?», la pregunta de Stasia lo sacó de su ira.

«¿Qué?», demandó en un gruñido retumbante.

Terminó de quitarse los pantalones y se arrodilló en

la cama, completamente desnuda y confiada en su desnudez. Extendió la mano y tiró de su brazo hasta que estuvo cerca y le tomó la mejilla. «Tus ojos han estado cambiando de color. Y creo que tus dientes están más afilados. Pensé que era solo un truco de la luz. Pero esto es cosa de ser un hombre lobo, ¿no es así?».

La primera vez que Owen vio lo que estaba ocurriendo, lo asustó, pero ahora comprendía que sólo era su lobo tratando de acercarse a su pareja. «¿Te asusta?», preguntó.

«¿Debería?», ella respondió.

«Nunca te haría daño».

Se besaron de nuevo. Owen logró quitarse la ropa y acostó a Stasia. Ella había dicho que no le dolía el hombro, pero él estaba decidido a ser amable y cuidarla como se merecía.

Él besó su camino por su estómago y separó sus piernas para que ella estuviera abierta ante él. Quería festejarlo. Y lo hizo, su lengua lamía su sexo y gemía de placer mientras ella se retorcía a su alrededor.

Una de sus manos pasó sus dedos por su cabello y lo guio exactamente donde quería. Su Stasia no cedió el control. Era una de las cosas más jodidamente sensuales de ella.

Todo era atractivo en ella.

Pero Owen estaba decidido a demostrarle que sabía exactamente lo que necesitaba, y no se detendría hasta que ella gritara de placer.

Su lengua se arremolinó y se sumergió en todas sus

zonas íntimas, y cuando ella jadeó su nombre, lo tomó como un estímulo.

Sus caderas se sacudieron contra su rostro mientras se entregaba con abandono al placer, y no pasó mucho tiempo antes de que comenzaran esos gritos y llantos.

Estaba tan duro como el hierro solo por su sabor, su olor y la forma en que sonaba, y cuando se dirigió hasta su entrada y empujó hasta el fondo, no pudo detener el gemido de placer cuando su apretado calor lo envolvió.

Tomarse las cosas con calma era una tortura, pero era ese tipo con la que un hombre se deleitaba. Se miraron a los ojos y él no supo si era un truco de la luz o algo más siniestro, pero creyó ver algo cambiar en los ojos de Stasia.

¿Su lobo?

¿Algo más?

Pero desapareció en un abrir y cerrar de ojos, y luego se movían juntos en un baile tan antiguo como el tiempo mismo. Y pronto su cuerpo se onduló a su alrededor y eso fue todo lo que Owen necesitó para unirse a ella en éxtasis.

23
CAPÍTULO VEINTITRÉS

Stasia se sintió un poco como una ladrona en la noche, o, bueno, en la mañana, cuando se escabulló de la habitación que ella y Owen habían compartido. Él se aferró a ella toda la noche y ella se acurrucó contra él como si fuera un oso de peluche gigante. Fue agradable. Mejor que agradable. Abrazarse nunca había sido un requisito en una relación antes, pero con Owen nunca quería soltarlo.

Pero ella no quería despertarlo cuando dormía tan plácidamente. Se vistió y consideró cambiar el vendaje sobre la marca de la mordedura. Lo tocó con dos dedos para comprobarlo.

Se sentía un poco como un viejo moretón, un poco doloroso, pero no muy doloroso. Debería haberse sentido peor.

Decidió dejar el vendaje como estaba. No quería apartarlo y descubrir que se había curado mágicamente, una señal segura de que se estaba convirtiendo en un hombre lobo, si es que existía una señal segura. Todavía no estaba convencida de si se había imaginado la herida del bisturí milagrosamente curada que ocurrió al mismo tiempo que la mordedura.

Mientras no pensara demasiado en las cosas, no iba a enloquecer.

Siguió el pasillo hasta una escalera y luego siguió su olfato hasta el olor a panqueques y tocino.

Andre, Leland Rowe y Em estaban todos en la cocina con platos de comida frente a ellos. Parecía que todos habían decidido quedarse a dormir anoche.

Las mejillas de Stasia se calentaron.

¿Habrían oído que ella y Owen lo habían hecho? Las historias de hombres lobo y los programas de televisión decían que tenían supersentidos, oídos y olfatos mejorados, y tal vez incluso mejor vista. Y ella y Owen no habían estado callados.

Ella cerró la boca con fuerza. Ella no iba a decir nada sobre eso, y con suerte nadie diría nada a cambio. Eso era lo cortés que hacer.

Andre miraba con el ceño fruncido a Rowe y Em, que hablaban en voz baja a un lado de una mesa grande. Stasia encontró dos platos, uno con panqueques y otro con tocino, y se sirvió suponiendo que la comida había sido preparada para todos.

A medida que se acercaba, se dio cuenta de que Rowe y Em estaban hablando de una banda de la que Stasia no sabía nada.

Bien por Em. Stasia amaba a su hermana, pero no le gustaba tanto la música como a Em. Era bueno que pudiera encontrar a alguien con quien hablar sobre sus intereses. La mayoría de las personas se quedaban un poco deslumbradas con Em y no podían tener una conversación normal. Rowe no parecía tener ese problema. Tal vez él no sabía quién era ella. Tal vez no le importaba. Fuera lo que fuese, Stasia se alegraba de que su hermana hubiera hecho un amigo.

Pero, ¿por qué Andre la miraba fijamente? ¿Era uno de los imbéciles que pensaban que la música de su hermana no era lo suficientemente compleja? ¿Pensaba que ella no merecía su fama? ¿Se estaba burlando de la conversación? ¿O de Rowe?

Em trabajaba duro por todo lo que tenía. Stasia había visto mucho de eso de primera mano. En medio de una gira, su hermana estaba destinada a colapsar por el agotamiento, pero ella siempre se exigía que siguiera adelante. Y si Andre no podía respetar eso, iban a tener una conversación.

Stasia tomó asiento en la mesa justo al lado de Andre, lista para molestarlo si fuera necesario. Él le dedicó una sonrisa forzada y luego bajó la mirada hacia su comida, pero al menos ya no estaba mirando a Em y a Rowe.

Un minuto después, Bryan Vega entró. Daba un salto en su paso y era todo sonrisas, pero la sonrisa se borró de su rostro cuando vio a Stasia, reemplazada por una mirada de remordimiento. No parecía un hombre al que le hubieran disparado el día anterior. Y ella no sabía que un hombre lobo pudiera verse avergonzado. «Hola», dijo.

«Buenos días», dijo Stasia. Tal vez debería estar enfadado con él, pero él parecía tenerle miedo.

Él era el hombre lobo en la situación. Ella debería haber sido la que estaba asustada. En este momento no parecía que pudiera lastimar a una mosca. Y Stasia sabía que no había estado en sus cabales. Ya había trabajado con pacientes así antes, de esos que sufrían tanto dolor o estaban en un estado mental tan alterado que no tenían ni idea de lo que estaban haciendo. No tenían la intención de arremeter contra sus médicos. Y ocultárselo solo empeoraría las cosas.

«Lo siento mucho», dijo Vega, toda disculpa mientras las palabras brotaban de él. «¿Estás bien? ¿Cómo te sientes? ¿Puedo traerte el desayuno? ¿Necesitas café?». Las preguntas salían de su boca tan rápido que ella apenas podía entenderlas.

Stasia golpeó el plato con el tenedor y tuvo que contener una sonrisa. Vega era joven, probablemente rondaría los veinticinco años, y tenía el tipo de encanto juvenil que permitía a algunos hombres cometer un asesinato. «Estoy bien. Gracias por ofrecerte. Y estoy bien. Estamos bien».

Pero Vega se congeló donde estaba y los demás dejaron de hablar. Todos la miraban como si esperaran que se asustara.

Ayer podría haberlo hecho. Y odiaba pensar que el sexo había resuelto todo, pero hoy se sentía mucho más relajada. Además, no había nada que ella pudiera hacer. Ella había sido mordida por un hombre lobo. Tal vez se estaba convirtiendo en uno. Tal vez sucedería en tres meses. Tal vez sucedería en tres horas. Tal vez no sucedería en absoluto. Nadie lo sabía.

¿Producía miedo? Sí.

¿Odiaba no saber lo que iba a pasar? Por supuesto.

Pero en este momento sólo necesitaba aceptarlo.

«Está bien», repitió ella. «No es como si ustedes tuvieran un manual para esto. Lo resolveremos». Estaba acostumbrada a ser una voz firme en el hospital, pero eso no significaba que generalmente fuera la voz de la razón. Ella sólo quería que las cosas volvieran a la normalidad, a algún valor de normalidad, lo antes posible.

A todos les tomó unos segundos aceptar sus palabras, pero Vega fue a buscar su propia comida y Em y Rowe eventualmente continuaron su conversación.

«Te lo estás tomando con calma», le dijo Andre. Estaba observando a Rowe como si esperara que el hombre hiciera algo, pero Stasia no sabía qué.

«¿Qué otras opciones tengo?» ella le preguntó, y lo decía en serio.

Andre no tenía una respuesta para eso.

Sintió un cambio en el aire y no se sorprendió cuando Owen entró por la puerta. Su rostro estalló en una gran sonrisa cuando la vio y se acercó directamente a la mesa y le dio un beso completo.

Stasia le devolvió el beso sin dudarlo, pero cuando él se apartó, ella se desconcertó un poco. Nunca antes había sido de las demostraciones públicas de afecto, ¿y Owen técnicamente no seguía siendo su guardaespaldas? Lo repentino del beso había sido suficiente para superar cualquier vacilación inicial, pero en ese momento estaba lidiando con muchas cosas. Pero Owen besaba muy bien y ella no quería que se detuviera.

«Buenos días», dijo, su mano pasando por su cabello, sonriéndole como si fueran las únicas dos personas en el mundo.

«Buenos días». ¿Por qué su voz era tan alta? ¿Qué le estaba haciendo?

Cuando finalmente recordó que había otras personas en la habitación, miró a su alrededor y vio a Vega, Rowe y Andre, todos dándole a Owen grandes sonrisas, y estaba segura de que había algún tipo de burla a punto de estallar. Em parecía igual de complacida.

«¿Así que estamos en la parte de PDA de nuestra relación?». La pregunta surgió sin que ella quisiera preguntar. [Nota de la T.: *PDA se entiende como la demostración pública de afecto*].

Relación. ¿Era eso lo que era?

No sabía qué palabra ponerle, y estaba un poco preocupada por dar un paso demasiado lejos. ¿Y si todo esto fueran hormonas de hombre lobo? No se sentía como algo que se iba a quemar en unos pocos días o semanas o nunca, pero todo seguía siendo tan nuevo.

La sonrisa de Owen se hizo enorme. «Dijiste relación». Él la besó de nuevo.

Stasia gimió, y no fue de placer. «Ve a buscar tu comida». Ella le dio un empujón juguetón y él retrocedió para tomar panqueques y tocino para él.

Novio. Guardaespaldas. ¿Algo más?

Había una palabra en el borde de su conciencia, una convocada por toda la mierda de hombres lobo, y se preguntó si esa era la correcta.

¿Era posible que Owen fuera su pareja?

24

CAPÍTULO VEINTICUATRO

Stasia se excusó para ir al baño y Owen se las arregló para permanecer en su asiento durante un minuto entero antes de seguirla al pasillo. Sabía que ella no podía querer que él la siguiera cada minuto, y lo consideró una gran muestra de moderación cuando simplemente esperó en el pasillo a que ella regresara en lugar de seguirla y esperar afuera de la puerta del baño.

No estaba tan apegado.

En realidad.

Stasia arqueó las cejas cuando lo vio apoyado contra la pared exterior de la cocina. «¿Qué sucede?», ella preguntó. Ella se acercó, dejando que sus dedos rozaran su costado.

Fue un alivio, una confirmación de que él no era el único que pensaba que estaban demasiado separados cuando no se tocaban.

«Sólo quería verte». Su lobo se sintió un poco más tranquilo anoche, aunque todavía se sentía un poco como si hubiera una segunda criatura viviendo dentro de él, en lugar de la persona unificada que había sido antes de conocer a Stasia. Pero si conseguía conservarla, estaba bastante seguro de que podría aprender a vivir con ello.

«Me has visto toda la mañana», señaló mientras se inclinaba aún más para que su frente presionara contra la de él.

Owen la rodeó con sus brazos y la atrajo hacia él. No más vacilación. «Te quería toda para mí», confesó. Podría haberse maldecido por no despertar con ella. Podrían haber vuelto a hacer el amor a la luz del sol de la mañana, pasando todo el día en la cama. O al menos quedarse allí todo el tiempo que los demás se lo permitieran antes de molestarlos. Unas pocas horas, definitivamente.

«¿Te estás convirtiendo en un señor posesivo?». Ella sonrió mientras preguntaba, pero él tenía la sensación de que no estaría sonriendo si seguía así por mucho tiempo.

Owen *nunca* había sido posesivo con nadie en su pasado. Nunca había visto la necesidad de ello, sin importar lo mucho que le importaba. Confiaba en sus socios, sabía que estaban con él porque lo querían. Pero tampoco nunca había sentido tanto tan rápido por una persona. No es que no confiara en Stasia. Él pondría su alma sólo en su palabra. Tan sólo quería abrazarla y apreciar este tiempo tanto como pudieran conservarlo.

Él tomó su mejilla y la besó, inclinando su boca sobre la de ella en una declaración apasionada. Todo su corazón estaba en ello, diciendo palabras con sus acciones que aún no podía expresar.

Y Stasia lo encontró donde estaba, su lengua se enredó con la de él como si hubieran sido hechos el uno para el otro.

Su pareja.

La palabra salió naturalmente ahora, algo para ser apreciado en lugar de luchar contra ello. Ser convertido en un hombre lobo había traído mucho desconcierto, pero Owen ya no estaba confundido sobre esto, sobre Stasia. Ella era su pareja, lo que sea que eso significara y como sea que resultara. El lobo lo sabía y ahora el hombre lo aceptaba.

Se quedaría con Stasia para siempre.

Él deslizó sus manos por sus costados, abrazándola fuerte. Quería hacer más, quería desnudarla y deslizarse dentro de ella de nuevo. Quería marcarla para que todo el mundo supiera que ella le pertenecía.

Sus colmillos dolían por cambiar, incluso mientras mantenía su forma humana. Solo un pequeño pellizco, lo suficiente para que el vínculo se completara.

Y si ella tuviera colmillos y pelaje propios, también podría marcarlo.

La polla de Owen se hinchó ante la idea. Ella podría ser su pareja en todos los sentidos, su pareja para siempre, y comprenderlo como nadie más. ¿Era egoísta querer eso? ¿Para celebrar que su vida había dado un vuelco total cuando fue arrastrada a su mundo?

Ella mordió su labio y Owen gimió.

Empujó contra ella y fue su propio tipo de tortura. No podían empezar nada aquí. La mitad del equipo estaba a solo unos metros de distancia y cualquiera podía caminar por el pasillo en cualquier momento. No quería que lo vieran tomando a su pareja, pero la amenaza de exposición añadía calor desesperado al beso.

Tenía que parar, pero no podía. No cuando su boca estaba tan ansiosa como él.

Casi podía oler su lujuria. Su sentido del olfato en forma humana no era tan agudo como cuando era un lobo, pero era más agudo y reconocía todos los deseos de Stasia, o estaba empezando a hacerlo, e iba a convertirlo en el trabajo de su vida el conocer todos sus secretos.

Era su trabajo como su pareja.

No se necesitaría mucho para arrastrarla a una habitación desocupada y salirse con la suya. Estaba seguro de que ella iría con él. Pero le resultaba difícil recordar la disposición de las oficinas cuando su mente estaba tan concentrada en Stasia.

No importaba lo desesperado que estuviera, no quería follar accidentalmente en la oficina de Gibson. Eso sería malo.

Un sonido hizo cosquillas en el borde de sus sentidos, y no provenía de su pareja.

Pasos. Acercándose. No sabía de quién.

A regañadientes, Owen se apartó, pero no podía apartar los ojos de los labios hinchados y el pelo despeinado de Stasia. No había duda de que la habían besado a fondo, y no había duda de quién lo había hecho.

Él sonrió con oscura satisfacción masculina.

«Hombre de las cavernas», dijo ella con un movimiento de cabeza y una sonrisa afectuosa.

Amaba esa sonrisa, quería ver más de ella. Owen

golpeó sus manos contra su pecho como un personaje de dibujos animados antes de inclinarse y recibir un rápido y dulce beso, obligándose a alejarse antes de que se pusiera más caliente. «¿Quieres ver mi club?».

Eso sobresaltó una carcajada de ella. «Oh, Dios, debería dejarte por eso». Ella lo empujó, poniendo espacio entre ellos incluso mientras sonreía, casi en contra de su voluntad, por su tonta broma.

«No te vas a deshacer de mí». Era a la vez una promesa y una amenaza.

Stasia puso los ojos en blanco. «Vamos, volvamos adentro. De lo contrario, van a pensar que nos escabullimos para tener un rapidito».

«Todavía podríamos». Owen asintió hacia el pasillo. Estaba mayormente bromeando, pero su polla estaba cien por ciento metida en la idea del rapidito.

«Vamos, hombre de las cavernas». Tiró de su brazo y lo llevó de vuelta a la cocina.

25
CAPÍTULO VEINTICINCO

EL RECUERDO DEL BESO AÚN ESTABA FRESCO EN SUS LABIOS hinchados cuando Stasia volvió a sentarse a la mesa de la cocina. Owen entró un momento después y todos les lanzaron miradas de complicidad. Sí, no se podía ocultar lo que habían estado haciendo. Pero tal vez no necesitaban esconderse.

Era estimulante pensar en ello. Nunca antes había tenido a alguien verdaderamente digno del título de *pareja*, pero tal vez Owen era ese tipo. Tal vez podría contar con él para siempre.

Tal vez en esta ocasión ella no saldría lastimada.

Owen se sentó justo a su lado y ella esperaba que los chicos le echaran bronca, pero no dijeron nada. Bien.

Ella no los conocía. Aún no. Y ella realmente no quería lidiar con las burlas que normalmente sucedían. Después de todo, se trataba de un grupo de ex militares que solo sabían mostrar afecto a través de insultos y palabrotas.

No quería que se burlaran de ella todavía; eso era algo que solo los amigos cercanos, y las hermanas, podían hacer. Incluso entonces, sólo Em de todos sus hermanos, lo intentaba. Tabitha, Ally y Heidi no lo hacían y Emmy solo tenía tres años.

Tal vez algún día estas chicas serían sus amigas. Tal vez se estaba convirtiendo en un hombre lobo y pronto sería miembro de la manada, pero no hoy.

Su teléfono sonó y quiso ignorarlo, pero revisó el identificador de llamadas y vio que era su padre. Ese era un hecho tan raro que tuvo que preguntarse si algo andaba mal. No se tomaba un descanso de sus esquemas de dominación mundial por cualquier cosa.

¿Había pasado algo con los secuestradores? ¿Habían perdido alguno? ¿Estaba todavía en peligro? ¿Todavía necesitaba que Owen fuera su guardaespaldas?

Era extraño cuánto deseaba que la respuesta a la última pregunta fuera un sí. Llevaba una semana y había luchado contra eso con todas sus fuerzas. Ahora no podía imaginar dejarlo ir.

Estaba un poco frenética mientras respondía. «¿Qué pasa? ¿Está todo bien?». No perdió el tiempo con saludos. Su padre estaba demasiado ocupado para cuidarlos.

Pero Armand Selby siguió lleno de sorpresas. «Acabo de recibir la lista de invitados para la fiesta de cumpleaños de Emmy. ¿Por qué no estás tú en ella?», exigió, con el mismo tipo de fuerza que usaría al negociar un contrato entre naciones en guerra.

Stasia tuvo que apartar el teléfono de la oreja y mirar la pantalla para asegurarse de que no le estaban haciendo una broma. Pero el número pertenecía a su padre. Y la voz sonaba como él. Volvió a colocarse el teléfono en la oreja. «¿Estás bromeando? No voy a ir. Casi me secuestran, ¿eso no me da un respiro?». ¿Y no había tenido ella exactamente esta misma conversación con AR? ¿Qué pasaba con el cumpleaños de Emmy? Ninguno de sus otros hermanos había sido nunca tan celebrado.

A su lado, podía escuchar a Owen gruñir, y extendió una mano para colocar su teléfono sobre su muslo para darse un respiro.

«Eres una Selby y necesitas estar allí», presionó su padre, como si esto fuera más que una fiesta infantil. No lo era. A veces, su padre se metía un palo en el culo y decidía adoptar una postura. Aparentemente, el cumpleaños de Emmy era uno de esos momentos.

Su vida era una mierda de Selby y no la necesitaba. El cáncer le había robado a su madre, pero Stasia llevaba su nombre por una razón. «Soy una Nichols y haré lo que me dé la gana». Y luego hizo algo que nunca antes había hecho en su vida: le colgó a su padre.

Se sintió bien.

Todos los chicos la miraban con curiosidad en los ojos y Em tenía una gran sonrisa en su rostro.

«Bien por ti, hermana», dijo. Si hubiera estado lo suficientemente cerca, Stasia estaba segura de que se habría acercado y la habría abrazado.

«Debería haber hecho eso hace mucho tiempo». Ella amaba a su padre, incluso si la relación era un poco complicada. Pero él no dirigía su vida. Ni siquiera cuando se trataba de algo tan intrascendente como la fiesta de cumpleaños de una niña pequeña.

«¿De que va todo eso?», preguntó Rowe. Parecía el más confundido de todos ellos. Andre parecía estar interesado, pero trataba de no estarlo, mientras que Vega parecía quedarse quieto, como si Stasia pudiera olvidar que él estaba allí. Owen no parecía confundido en absoluto. Por supuesto, él ya conocía la historia.

No tenía caso ocultarlo, y cada vez que la contaba, Stasia lo encontraba divertido. «Nuestra hermanita tendrá una fiesta de cumpleaños muy pronto. Emmy. Va a cumplir tres años. Y todos están tratando de armar la lista de invitados». Sonaba tan intrascendente cuando lo decía así.

Rowe miró entre Em y Stasia, pero fue Andre quien habló. «¿Em y Emmy?», preguntó. «¿Qué es eso? ¿Emma y Emerald? Suena confuso».

La sonrisa de Em se convirtió en una mirada fulminante y aceptó la explicación de Stasia. «Ambas nos llamamos Emerald. Papá deja que nuestras madres elijan nuestros nombres. Ha tenido seis esposas. Y diez hijos. Se olvidó de mencionarle a Riley, nuestra madrastra de 23 años, que mi nombre real es Emerald, así que ella llamó a su propia hija, Emerald. Es súper divertido».

Rowe cerró la boca con fuerza como si tuviera que contener la risa mientras Andre tenía una mirada ilegible en su rostro. Vega todavía estaba seguía manteniendo su rutina de estatua. Owen ya conocía la historia, así que afortunadamente no estaba reaccionando de una manera que pudiera llevarlo al lado oscuro de Em.

«Sé que está jodido. Está bien», dijo Stasia. Los chicos parecían propensos a romper algo si seguían conteniendo sus expresiones. «Estamos tan jodidos como cualquier familia rica que tiene un *reality show* acerca de ellos. Simplemente no permitimos que las cámaras entren en nuestras casas».

«¿Así que tu papá todavía tendrá esta gran fiesta, siendo que tú estás en riesgo de ser secuestrada?», preguntó Owen.

Stasia miró a Owen. Ella había mencionado que la amenaza de secuestro había desaparecido, pero claramente él no le había dicho nada a nadie más todavía.

No podía mentir sobre eso. «Estoy segura de que mi padre estaría más que dispuesto a hacer una fiesta mientras todos corremos el riesgo de ser secuestrados si fuera necesario para mantener las apariencias. Pero AR me hizo saber que su gente identificó la amenaza y están en el proceso de terminar con eso. Es por eso que ya no tengo un equipo extra siguiéndome. Todo está bien ahora». Seguía manteniendo su mano sobre el muslo de Owen y sus músculos apretados bajo sus dedos.

No sabía qué decir para asegurarle que no estaba dispuesta a irse. Ella no lo necesitaba solo porque él era su guardaespaldas. Ella lo deseaba por mucho más que eso. Quería mantenerlo cerca para siempre.

Pero antes de que pudiera descubrir cómo decir eso, Hunter asomó la cabeza en la habitación. «Hola, chicos, Gibson quiere hablar con todos nosotros. El equipo. Stasia y Em necesitarán entretenerse durante aproximadamente una hora. Vamos».

Eso detuvo la conversación. Aparentemente, cuando Gibson decía 'saltar', su equipo comenzaba a saltar.

Owen le dio un sonoro beso antes de que él y sus colegas las dejaran a ella y a Em solas en la habitación.

Stasia deseó que la fiesta de cumpleaños de una niña pequeña fuera la mayor parte de sus preocupaciones.

26

CAPÍTULO VEINTISÉIS

Gibson estaba esperando con el resto del equipo cuando Willa los condujo a la sala de conferencias y tomaba asiento junto a Vega y Rowe. Owen y Andre tomaron asiento al otro lado de la mesa. Gibson estaba a la cabeza con Jackson a su lado.

Le dio a Owen una larga mirada antes de girarse y asentir para saludar a todos los demás. Eso había sido un poco extraño. Owen quería decir algo, pero no sabía qué.

Todo se sentía nuevo otra vez, y no necesariamente en el buen sentido. Se sentía con el pie equivocado, como se había sentido hacía dos años después de que el ritual se hubiera realizado en todos ellos. No sabía lo que estaba pasando, no lo entendía, y no estaba seguro de poder hacerlo alguna vez. Solo esperaba que Gibson pudiera arrojar algo de luz sobre el tema.

Gibson tenía una computadora portátil frente a él y un proyector configurado para proyectar en la pared blanca al frente de la sala de conferencias. Sacó algunas fotos y las puso en exhibición. «¿Alguien quiere decirme qué salió mal en el trabajo de Vega y Rowe?», preguntó con engañosa calma.

Así era como comenzaban siempre sus informes. Aunque normalmente el trabajo no salía mal. Por lo general, nadie recibía un disparo.

Vega agachó la cabeza y enderezó los hombros. «Nos hemos vuelto perezosos», dijo Rowe con un toque de desafío en su voz. «Pensamos que el trabajo había terminado y nos relajamos. Y casi matan a Vega».

«¿Van a hacerlo de nuevo?», preguntó Gibson.

Tanto Vega como Rowe sacudieron la cabeza, seguidos por el resto del equipo que también sacudió la cabeza. Era posible que no hubieran estado allí, pero fácilmente podrían haber sido ellos.

«Espero un informe completo por la mañana. Es posible que tengan que dar declaraciones a la policía. Tendremos que hacer algo con respecto a la supuesta lesión de Vega si eso sucede. Pero me alegro de que estés vivo». Y eso terminó esa parte de la reunión. Normalmente duraba más. Por lo general, Gibson habría mostrado fotos desde todos los ángulos y les habría pedido que guiaran al equipo durante todo el trabajo. Todavía eran bastante nuevos en este trabajo de guardaespaldas y cada trabajo era una experiencia de aprendizaje.

Pero hoy tenían algo más grande de qué hablar.

«¿Cómo está Stasia?», Gibson le preguntó.

Owen no quería responder. Su lealtad a Stasia estaba en guerra con su lealtad a Gibson. Pero sabía que Stasia y

Gibson estaban del mismo lado. Gibson solo quería ayudar. Y no podía ayudar si no sabía lo que estaba pasando. «Ella está bien», dijo. «Se asustó un poco. Pero parece bastante tolerante. Tal vez resignada sea la palabra correcta. Ella dice que sea lo que resulte, pasará».

Era más complicado que eso, lo sabía. Pero Owen realmente solo podía informar lo que ella le había dicho. Y él la creyó. Entonces, ¿qué más había que decir?

«Chip está actuando raro, ¿verdad?», preguntó Vega, usando el apodo que se había ganado en el ejército. Estaba destinado a ser un nombre chistoso, pero ahora no era el momento para bromas. «Esto es más que un trabajo para ti». Estaba en la línea entre la burla y la acusación, y Owen tuvo que reprimir un gruñido y evitar lanzarse hacia Vega.

Andre lo miraba como si esperara que se abalanzara sobre él. No sabía si su amigo los detendría o lo respaldaría. «¿Creen que ella se va a convertir en un lobo?», agregó Rowe.

Owen no pudo detener el gruñido esta vez.

Gibson ignoró la reacción de Owen. «No hay forma de saberlo. Pero por un tiempo, he estado esperando que suceda algo como esto. He estado analizándolo desde que nos convertimos por primera vez. He tratado de mantener un registro de nuestros síntomas y nuestras reacciones, las cosas que han cambiado desde que *nos* transformamos. No soy médico ni científico, pero incluso yo puedo ver que nos estamos volviendo... más... diferentes. No creo que nuestro primer cambio fuera el fin de las cosas para nosotros».

«¿Qué quieres decir?», preguntó Andre, sentándose más derecho en su asiento.

Owen también se preguntaba a qué se refería. ¿Y tendría algo que ver con lo que hacían sus ojos y sus dientes?

«Todos nos hemos vuelto más controlados sobre nuestras formas de lobo que en aquellos primeros meses. Y todos estamos levantando más peso en nuestra forma humana que cualquiera de nosotros cuando estábamos en el ejército. Y creo que algo de nuestra condición de lobo está filtrándose en nuestra forma humana, al igual que nuestra humanidad está filtrándose en nuestra condición de lobos. ¿Se entiende?». Miró directamente a Owen mientras preguntaba la última parte.

Lo hacía. Sonaba casi aterradoramente familiar. «Creo que mis ojos cambiaron cuando estaba en forma humana. Los dientes también», admitió Owen. No necesitaba ocultar esto a su gente. Eran su equipo, su manada, y confiaba en ellos.

Gibson asintió como si esto no fuera una sorpresa, pero tomó nota de algo en su computadora. «¿Alguien más?», preguntó.

Jackson levantó la mano. «Me las arreglé para invocar mis garras en forma humana. Una vez. No he podido hacerlo de nuevo». Parecía un poco avergonzada mientras lo decía, como si no pudiera creer que estaba jugando con sus poderes.

Gibson hizo otra nota. «Entonces, ¿qué hacemos con

Stasia?», preguntó Hunter, con los brazos cruzados. «Todos decidimos mantener todo el asunto del hombre lobo en secreto».

«Es un poco tarde para eso», murmuró Andre.

«¿Qué podemos hacer?», preguntó Rowe. «Stasia y Em lo saben ahora. Y no podemos evitarles exactamente ese conocimiento».

Todos se miraron entre sí, como si alguna solución mágica fuera a darse a conocer. No sucedió.

«Esperaremos y veremos qué sucede con la pareja de Owen», declaró finalmente Gibson.

Owen se sobresaltó como si lo hubieran picado. Esa palabra le había estado dando vueltas en la cabeza durante los últimos días, pero era extraño escucharla decir a Gibson.

«¿Pareja?», Andre preguntó, todo incredulidad.

«Eso parece», dijo Gibson. Miró a Owen, dándole la oportunidad de contradecirlo. Cuando Owen se quedó callado, Gibson continuó. «Es uno de esos cambios de los que estaba hablando».

Owen no discutió, pero tampoco agregó sus propios pensamientos. Eso era demasiado crudo para compartir.

«¿Qué pasará con la hermana?», preguntó Rowe. «¿Tendremos que morderla?». Owen no estaba seguro de si Rowe estaba bromeando. «¿Y no les parece familiar?».

Andre hizo un ruido desde el fondo de su garganta que podría haber sido un gruñido, pero no dijo nada.

«Por supuesto que se nos hace familiar», dijo Hunter, sorprendiendo a Owen. «Ella ganó un maldito Grammy el año pasado». No sabía que Hunter seguía la música tan de cerca.

«¿En serio?». Rowe parecía impresionado. Owen se dio cuenta de que Rowe no sabía quién era Em. Se sumergieron en la discusión de la carrera musical de Em durante varios minutos hasta que Gibson los llamó de nuevo al orden. «Si el día de ayer aprendimos algo, es que necesitamos a alguien con formación médica. No sabemos lo que le habría pasado a Vega si ella no hubiera ayudado. Tal vez sería una buena idea tener un médico con nosotros a tiempo completo. Algo que Stasia podría considerar».

A Owen le gustó cómo sonaba eso.

Pero se preguntó si Stasia estaría dispuesta a quedarse.

27
CAPÍTULO VEINTISIETE

Stasia se dirigió a la habitación que había compartido con Owen la noche anterior. Deseaba que él estuviera allí con ella, y no tenía idea de cuánto tiempo más tendría que esperar hasta que terminara su reunión. Y luego como que terminó odiando la espera. ¿En quién se estaba convirtiendo? Ella no necesitaba un hombre. No necesitaba depender de nadie más que de ella misma.

Pero eso no significaba que no pudiera querer a Owen.

Antes de poder quedar demasiado atrapada en sus pensamientos, sonó su teléfono y, afortunadamente, esta vez no era su padre ni ninguno de sus hermanos. «Hola, Luna. ¿Qué tal?». La enfermera normalmente no la llamaba, pero era bueno saber de una amiga. Era un recordatorio de que el mundo exterior todavía existía, uno sin hombres lobo o secuestradores o fiestas de cumpleaños de niños pequeños.

«Conseguí el trabajo», dijo Luna con entusiasmo. «¿Recuerdas del que te hablé el otro día?».

Stasia tardó un segundo en recordarlo. Se sentía como si hubiera pasado toda una vida, incluso si había sido un poco menos de una semana. Pero luego lo hizo. «¡Felicidades!». Estaba feliz por su amiga, incluso si eso significaba que ya no se volverían a ver en la clínica.

Si Stasia volvía a la clínica.

¿Podría ser un hombre lobo y un médico al mismo tiempo? ¿Qué tipo de complicaciones traería eso? Tenía la imagen más extraña de operar a alguien mientras sus manos lucían garras.

«Están buscando médicos», dijo Luna. «Quiero darles tu nombre. Creo que serías perfecta para este lugar».

Stasia probablemente debería haber dicho que sí sin dudarlo. No podía pasar el resto de su vida trabajando en una clínica gratuita. Bueno, podía, pero no sabía si eso sería lo suficientemente satisfactorio. Volver a una sala de emergencias sería arriesgado. Emocionante. Estaría salvando vidas todos los días.

¿Era eso lo que ella quería?

Hace una semana probablemente habría dicho que sí. Pero un mundo completamente nuevo se había abierto ante ella, y ahora estaba llena de curiosidad de una variedad de cambios de forma.

«¿Sigues ahí?», preguntó Luna.

Stasia se dio cuenta de que había estado callada durante demasiado tiempo. «Todavía estoy aquí. Necesito pensarlo antes de que les des mi nombre. Ha sido una semana muy ocupada».

«Está bien». Luna no sonaba muy decepcionada, pero normalmente estaba lo suficientemente animada. «Me debes unas bebidas. Y espero que me devuelvas la llamada. No me importa que ya no estemos trabajando juntas. Seguimos siendo amigas».

«Lo prometo», y Stasia lo decía en serio. Tenía la sensación de que iba a necesitar a alguien normal, alguien que no supiera nada sobre el mundo de los hombres lobo, para que le sirviera de aterrizaje mientras su vida estaba cambiando. Y Luna era la persona adecuada para eso.

La puerta del dormitorio se abrió justo cuando Stasia se despedía y colgaba el teléfono. Owen la abrazó con fuerza y Stasia sintió que parte de su tensión se desvanecía.

«¿Escuchaste?», ella preguntó. Podría haber estado fuera de la habitación y ella no estaba segura de cuán agudo era su oído. Ahora que sabía que él no era completamente humano, tenía que preguntarse qué podía hacer exactamente.

«No», dijo. Se balanceaban un poco hacia adelante y hacia atrás como si se siguieran el ritmo de una música que no sonaba.

«Mi amiga Luna consiguió un trabajo en un nuevo hospital. Me invitó a postularme para un puesto. Están buscando médicos. Probablemente sería una buena opción». Sonaba como si estuviera tratando de justificarse a sí misma. ¿Por qué ya no se sentía bien? No eran sólo las cosas del hombre lobo. Stasia había estado a la deriva durante un tiempo, desde que había dejado su último trabajo. No había estado segura de que fuera en ese momento, y no sabía si lo era ahora.

«¿Quieres volver a trabajar en un hospital?», preguntó Owen amablemente. Estaba claro que no estaba tratando de influir en la decisión. Sería tan fácil si intentara influir en él.

«No lo sé», admitió ella. «Debería ser justo lo que necesito. Es de alta presión, es importante».

«Pero no es lo que quieres», dijo Owen, declarando claramente lo que tenía miedo de confesar.

«No, no es lo que quiero». Era extraño y liberador admitirlo. Era algo con lo que había estado pensando mucho. Había pasado bastante tiempo y había trabajado muy duro para obtener sus calificaciones y conseguir trabajos en los que realmente pudiera marcar una diferencia. Pero ya no la satisfacía. No estaba bien. Ya no.

«Sabes que siempre nos vendría bien contar con un médico aquí». Ofreció Owen. «Salvaste la vida de Vega. Y probablemente podrías explicarnos mucho sobre lo que sucede en nuestros cuerpos que no entendemos. No puedo garantizarte que se te pagaría mucho, pero sería interesante».

Era casi demasiado bueno para ser verdad. El corazón de Stasia latía un poco más rápido y su mente bullía de posibilidades. Un médico para los hombres lobo. Nadie más tenía ese tipo de oportunidad. «¿Eres tú quien me lo pide? ¿O Gibson?». No sabía cuál quería que le ofreciera el trabajo. No quería que Owen se la ofreciera por lástima o por algún extraño esfuerzo por mantenerla cerca, pero también le gustaba la idea de que fuera Owen quien pensara en eso en lugar de su jefe. Incluso mientras su mente luchaba contra ello, su corazón quería que él la quisiera cerca.

«Gibson lo sugirió», admitió Owen. «Pero creo que serías genial en esto. Te quiero aquí. Pero si yo estuviera inventando un trabajo para ti, implicaría muchos más favores sexuales», agregó.

Una risa sorprendida estalló en Stasia. «Probablemente te daría los favores sexuales gratis».

No estaba preparada para tomar la decisión. Aún no. No importaba lo intrigante que sonara ser médica para los hombres lobo. Aún tenía algunas cosas que pensar. Entonces Owen la besó y ella decidió que podía pensarlo más tarde.

28
CAPÍTULO VEINTIOCHO

Owen no pudo resistirse a besar a Stasia. Cada momento que pasaban separados era demasiado tiempo, y él y su lobo estaban de acuerdo en eso. La idea de que ella se quedara con ellos, trabajando para ellos, solo añadía fuego a su sangre. Ella no había dicho que sí. Podría negarse. Pero ahora, la posibilidad estaba allí.

No sabían qué les deparaba el futuro, pero ahora tenían la oportunidad de aprovecharlo.

Stasia envolvió sus piernas alrededor de su cintura mientras él se apoyaba contra la pared y la sostenía en su lugar, y su polla se endurecía como el acero mientras la presionaba.

«Sí», gimió su pareja, profundizando su beso.

La mente de Owen estaba en una neblina de lujuria mientras le contaba todas las cosas que podía hacerle, todas las cosas que podían hacer juntos. Quería robársela y encerrarlos a ambos en una torre en algún lugar para que nadie los encontrara. La parte más bárbara de su mente se imaginó encadenándola a la cama, pero cuando ella le mordió el labio, la fantasía cambió hasta que él resultaba ser el que estaba esposado y Stasia se estaba saliendo con la suya.

Sí.

Ambos.

Cualquiera.

Pasara lo que pasara, mientras fuera con ella.

En momentos de su pasado, le preocupaba encontrar a alguien que lo apoyara para siempre. Había pensado que se sentiría limitado. Pero ahora su mente estaba completamente concentrada en Stasia y no había limitación alguna. Ella era todo lo que él quería. Todo lo que él deseaba.

Su pareja.

El pensamiento era música para sus oídos.

Él la hizo girar y la sentó suavemente en la cama.

«No soy débil, ¿sabes?», dijo Stasia con calor mientras se quitaba la blusa y la arrojaba al otro lado de la habitación.

«Lo sé». Owen se quitó rápidamente la camisa y se desabotonó los vaqueros, pero no se los quitó del todo. Stasia estaba ahí y era demasiado tentadora. Se arrodilló entre sus piernas y comenzó a besar cada centímetro de piel expuesta, prestando especial atención a sus pechos cuando ella gemía mientras su lengua se giraba alrededor de un pezón. «Nada débil en absoluto», dijo entre besos. «Sino preciosa. Mía».

Ella gimió de nuevo antes de pasar los dedos por su cabello y sorprenderlo con un contraataque salido de un estudio de jiu-jitsu, usando sus caderas para empujarlo hacia arriba y voltearlo. Ella se sentó a horcajadas sobre su cintura, su cabello colgaba sobre ellos como una cortina. «¿Tuya?». Había un desafío en sus ojos.

Otro hombre podría haber andado con cuidado, pero Owen era uno con su lobo y sabía que era el momento de demostrarle a su pareja a dónde pertenecía. «Absolutamente. Para siempre».

Y si ella pensaba que lo iba a vencer con un movimiento como ese, estaba equivocada. Ella tenía algunos trucos bajo la manga, pero él era un soldado entrenado y un guardaespaldas. Y la estaba reclamando.

Owen se incorporó y agarró a Stasia con fuerza, aplastando sus bocas en un beso marcado. Volvió a darles la vuelta para quedar encima, todo su cuerpo cubriendo el de Stasia y manteniéndola en su lugar. A ella no pareció importarle mientras envolvía sus brazos y piernas alrededor de él y lo besaba con todas sus fuerzas.

Necesitaba estar dentro de ella. Su pene latía con desesperación y prácticamente podía sentir la apretada presión de su calor húmedo, pero ninguna fuerza en el universo era lo suficientemente resistente como para alejarlo de besarla.

Dejó que sus manos vagaran sobre su piel sedosa y se enorgulleció de su escalofrío cuando se sumergió más profundamente en el beso. Y cuando rodaron la próxima vez, Owen ni siquiera pensó en luchar. Esto no era realmente una batalla de voluntades. No había necesidad de domar o conquistar.

Estaban juntos en esto.

«Tú también eres mío, lo sabes», jadeó Stasia cuando finalmente se separaron por un momento.

«Eso nunca estuvo en duda». Había más palabras que decir, otra declaración aún más fuerte que hacer, pero Owen se contuvo. Entre el mordisco y las otras revelaciones, sería demasiado pronto.

Él esperaría.

Hasta mañana por lo menos.

Pero ahora mismo necesitaba algo más físico. Volvió a besar su camino por el cuerpo de Stasia, y esta vez, cuando llegó a sus pantalones, comenzó a quitárselos. Se las arreglaron para enredarse y la maldición de Stasia por la complicación casi lo hizo reír.

Su pareja tenía un lado áspero en ella, un lado siempre dispuesto a pelear, pero ella estaba alineada con él y él se deleitaba en eso. Le dolían los dientes junto con los dedos y podía sentir a su lobo saliendo a la superficie.

No.

Intentó detener el cambio. Esto era algo humano, algo solo entre él y Stasia, y él no la asustaría dejando que su otra mitad tomara el control.

Somos uno, le susurró su lobo.

¿Lo eran realmente? Un poco difícil pensar que eso era cierto cuando estaba imaginando a la criatura hablándole.

No quería alejarse de Stasia, pero con el lobo tan cerca de la superficie, tan decidido a reclamarla, temía ir demasiado lejos. Ella había aceptado las cosas del lobo, pero tenía que haber un límite. Y una parte de él moriría por dentro si el límite viniera de él.

Se echó hacia atrás y se sentó, alejándose de Stasia y respirando profundamente, tratando de concentrarse. Él era un hombre. Estaba con su mujer. No había necesidad de que el lobo se involucrara.

Pero aún podía sentirlo, al acecho. No hizo ningún movimiento para retroceder, sin importar cuánto intentara recuperarse. En todo caso, lo estaba empeorando. Su mano temblaba cuando trató de pasarla por su cabello, y cuando la volvió a bajar vio que sus uñas se afilaban hasta convertirse en garras.

No pudo haber tomado más que unos minutos, pero Stasia se incorporó, sabiendo que algo andaba mal.

«Déjame verte», dijo ella. «Estoy aquí».

29
CAPÍTULO VEINTINUEVE

STASIA SE SENTÓ Y COLOCÓ SU MANO EN LA MEJILLA DE OWEN para girar su cabeza hacia la de ella. Él se resistió por un momento y luego dejó que ella lo moviera. Cuando vio sus ojos, casi jadeó. Se habían vuelto del mismo amarillo lobuno que había visto antes, y casi podía jurar haber visto colmillos asomando por su boca.

«¿Por qué estás tratando de esconderte de mí?», ella preguntó. Tal vez la vista de su lobo tan cerca de la superficie debería haber ahuyentado su lujuria, pero su cuerpo aún estaba apretado con ella. No estaba dispuesta a huir solo porque estaba viendo algo del verdadero yo de Owen.

Owen volvió la cabeza hasta que pudo rozar un beso en su palma antes de hablar. «Estás lidiando con suficiente, no deberías necesitar resolver mi falta de control».

«¿Control?». Ella no pudo evitar sonreír. Y besó su mejilla. Estaba demasiado cerca para que ella evitara tocarlo y ni siquiera iba a intentar resistirse. «Pareces bastante controlado para mí. ¿O vas a dejar que el cambio vaya más allá?».

«¿Cómo puedes mirarme y decir eso?». Parecía destrozado, y Stasia no quería volver a oír ese tono de él nunca más. Su hombre era alegre, confiado. Abrazaba a su lobo y a su vida y no se asustaba por algunos pequeños cambios.

Ella lo besó, con cuidado de evitar que le salieran los colmillos, pero sin demasiado cuidado. Y luego profundizó el beso y se olvidó por completo de los colmillos. Era difícil pensar en otra cosa que no fuera Owen cuando estaban desnudos juntos.

Ella se apartó y le echó un buen vistazo. «Pareces lo suficientemente seguro para mí».

«¿No tienes miedo?». Todavía sonaba dudoso.

«Eres un hombre lobo. Puedo soportar un poco de rareza. Ahora vuelve aquí y fóllame». La siguiente vez que lo besó no fue tan gentil. ¿Owen dijo que estaba fuera de control? Ella lo desafió a que se lo demostrara.

Y él lo hizo.

Escuchó un gruñido desde lo profundo de su garganta y eso despertó algo muy dentro de ella. No sabía si tenía un lobo propio, pero definitivamente había una parte de su alma que respondía a la de él y no quería que terminara nunca.

Él la inclinó hacia atrás en la cama y la presionó contra el colchón, besándola como si fuera a marcarla. Sus dientes afilados estaban allí, pero no era un vampiro y no estaban afilados como navajas.

¿Existían los vampiros?

El pensamiento se desvaneció en otra ola de lujuria y Stasia no se preocupó lo suficiente como para perseguirlo. Las manos de Owen bajaron por su costado y tomó uno de sus senos, acariciando su pezón con el pulgar. Amaba la sensación de sus manos sobre ella y necesitaba más.

¿Tendría que rogarle?

Antes de que pudiera hacer un ruido, su otra mano encontró su entrada y sus dedos juguetearon con su calor húmedo, sumergiéndose dentro y estirándola, preparándola para él.

«Joder», gimió ella. Y entonces se dio cuenta de algo. «¡Joder! Condón».

Owen dejó de moverse por un momento y Stasia casi le dice que lo olvide. Ella tomaba anticonceptivos, podrían arriesgarse. Pero después del día que habían tenido, no necesitaban más sorpresas.

Afortunadamente, Owen había reabastecido su billetera y después de un minuto estaba enfundado y listo para *más*.

Ya no habría vacilación alguna, ninguna preocupación por los ojos amarillos o su lobo saliendo a la superficie. Stasia confiaba en Owen y sabía que nunca la lastimaría. Era liberador entregarse a esa confianza y verlo soltarse.

Se unieron con una ferocidad desesperada y los sonidos que hicieron fueron completamente salvajes. Stasia nunca antes había sonado así en la cama, pero Owen sacó la intensidad de ella y lo hizo todo más.

Él la penetró y se movieron, y el placer aumentó. Stasia estaba llena hasta la médula, pero aún quería más. No podía decir qué *más* era mientras abrazaba a Owen con fuerza y lo animaba a continuar.

«Soy tuya». La declaración era cierta en el fondo de su alma. Nunca se libraría de esta conexión, de este vínculo imposible que había surgido entre ellos. Era imposible de explicar, más profundo y verdadero que la emoción.

Su cuerpo se onduló alrededor del de él mientras se corría y Owen dejó escapar un rugido de triunfo cuando se unió a ella. Entonces sus ojos brillaron con un amarillo aún más profundo y sus colmillos se hicieron imposiblemente largos.

No tuvo tiempo de asustarse cuando él le mordió el hombro, marcándola como suya. Ella gritó en una mezcla de placer y dolor cuando su visión se volvió blanca y se desmayó.

30
CAPÍTULO TREINTA

«Estoy bien, lo prometo. Deja de mirarme así». La marca que Owen había dejado en su hombro no era tan mala como temían. De hecho, ya estaba curada en su mayor parte, y dado que el cuerpo de Stasia todavía se sentía deliciosamente estirado por haber hecho el amor, tenía la sensación de que había algún tipo de mierda mágica que contribuía a ello.

Su novio hombre lobo la había mordido. Sabía que debería estar enloqueciendo. Ese era un tipo de algo que la asustaría. Pero por alguna razón no lo estaba.

Tal vez su cuota de fenómenos se había agotado, o tal vez era algo más. No iba a analizarlo profundamente. Por ahora, iba a considerar que la falta de pánico era algo bueno.

«No te estoy mirando», insistió Owen. Estaba empacando algunas cosas para llevarlas a su apartamento. No había mucho. De inicio, no tenían la intención de pasar la noche.

Gibson se había ofrecido a dejarla quedarse en la casa de seguridad hasta que todos tuvieran una mejor idea de lo que le iba a pasar, pero Stasia tenía una casa agradable a solo unos kilómetros de distancia y prefería dormir en su propia cama.

Owen y el resto de su manada habían tardado tres meses en convertirse en hombres lobo; no se iba a quedar en Brooklyn tanto tiempo si podía evitarlo. Y había media posibilidad de que no se convirtiera en un hombre lobo en absoluto. No tenían forma de saberlo, así que todo lo que podía hacer era el instinto y el conocimiento de su propio cuerpo.

Estaba tratando de decidir si se sentía diferente. Sentía un poco de malestar estomacal, pero las únicas comidas que había comido durante el último día y medio eran comida rápida grasosa. La ansiedad mezclada con aceite y grasas era una combinación particularmente enfermiza. No era un signo seguro de licantropía.

Stasia finalmente había reunido el coraje para mirar la marca de la mordida que Vega había dejado, y ya estaba lo suficientemente curada como para deshacerse de los puntos. Ella misma se los había retirado sin pedir ayuda.

Era otra señal de que probablemente se estaba convirtiendo en un hombre lobo. Un malestar estomacal podía ser cualquier cosa. ¿Curarse de una herida tan grande tan rápido? No había nada humano en eso. ¿Estaba lidiando con el trauma evitando la posibilidad? Sí. Pero pensaba que tenía al menos unos días, tal vez meses, para preocuparse de la situación.

Se había puesto un vendaje nuevo sobre la mordedura para que los otros chicos no le hicieran preguntas. Tal vez era una estupidez ocultarles eso, pero tenía derecho a un poco de estupidez durante al menos un día. Ni siquiera se lo había dicho a Owen y sabía que él se lo reprocharía, pero solo necesitaba un poco más de tiempo. Él la entendería. ¿Cierto?

Em llamó a la puerta y Owen abrió. «Tengo que regresar», dijo mientras entraba en la habitación y se acercaba a Stasia. Parecía arrepentida. «Mi manager ha estado explotando mi teléfono. Esperaba poder disfrutar un par de días más, pero parece que no puedo. ¿Vas a estar bien? Porque cancelaría la gira y haría lo que sea necesario si quieres que me quede». Stasia reconoció la sinceridad cuando la escuchó, y Em quería decir de verdad cada palabra que dijo.

Pero no era algo que Stasia pudiera pedirle. Esa gira costaba millones de dólares y había miles de fanáticos que se sentirían decepcionados si ella se echaba atrás en este momento. Y eso no tenía nada que ver con qué tipo de especulaciones habría en la prensa. No podía hacerle eso a su hermana. «Estoy bien. Te avisaré si pasa algo. Lo prometo». Ni siquiera era una mentira. No exactamente. No tenía manera de saber qué estaba pasando o cuándo.

«Y ella me tiene a mí», agregó Owen. Él era su observador silencioso, había terminado de guardar las cosas en la bolsa, pero aún estaba allí, listo para estar a su lado todo el tiempo que ella quisiera.

La *otra* mordedura que había sanado quemaba solo de pensarlo, pero no dolía. Era un consuelo que Owen estuviera allí, una presencia constante con la que siempre podía contar.

Em asintió y luego le dio un abrazo a Stasia. Era un alivio saber que su hermana no dudaba en acercarse a ella a pesar de que podía convertirse en un monstruo peludo en cualquier momento. Stasia recordó una hora antes, cuando estaba domando a su propio monstruo y el mordisco de Owen volvió a hormiguear. Después de todo, tal vez su familia no tenía un saludable sentido de supervivencia.

«Te amo», dijo Em, abrazándola de nuevo. «Y será mejor que me llames. Hombre lobo o no. Esa mierda es genial. Quiero saber más». Le dio a Stasia un beso en la mejilla y se fue.

Stasia se hundió en la cama y dejó escapar un suspiro. Tal vez la mierda de hombre lobo fuera genial desde el exterior, pero estaba exhausta. «Estoy lista para irme a casa. ¿Me llevas?».

La mirada que Owen le dio era demasiado seria por el momento y su palabra se sintió como un juramento. «Adonde gustes».

Salir de la casa de seguridad no tomó mucho tiempo. Andre no se encontraba por ninguna parte y Vega no se aparecía mucho. Ninguno del resto de la manada le hizo preguntas de sondeo a Stasia, aunque sí vio que Gibson le lanzaba a Owen una mirada significativa. Decidió preguntar sobre eso más tarde; por ahora, solo quería irse.

Owen hizo girar el auto y ella se subió al asiento delantero. Los dioses del tráfico los bendijeron y regresar a su casa no tomó mucho tiempo. Pero una vez estacionado el coche no se bajaron.

Stasia no estaba segura de qué hacer. El impulso la había llevado tan lejos, pero ahora tenía que tomar decisiones reales. Opciones sobre Owen y ella y lo que realmente significaban el uno para el otro.

Las cosas de Owen estaban dentro, así que tenía que entrar para al menos recuperarlas, pero ya no era su guardaespaldas. Se suponía que ella estaba a salvo. Se suponía que los malos que la perseguían habían sido eliminados.

No estaba segura de tener la historia completa, pero no creía que su hermano o su padre la habían puesto en peligro a propósito. ¿La habían usado como cebo? Tal vez, pero incluso si estuvieran haciendo eso, la hubieran advertido.

¿Cierto?

Eso era algo en lo que no debería ocuparse.

«Puedo quedarme», ofreció Owen mientras la miraba, con una mano en el volante y la otra en la consola entre ellos.

«¿Como mi guardaespaldas o mi novio?». Después de las noches que habían pasado juntos y todo lo que habían compartido, se sentía un poco extraño preguntar, pero necesitaba estar segura. Owen había hecho sus declaraciones, y seguro que se gustaban. Su química estaba fuera de serie.

Owen se inclinó sobre el auto y le dio un beso abrasador. Cuando se apartó, estaba sonriendo. «¿Eso responde tu pregunta?».

No pudo evitar llevarse los dedos a los labios. «Ha pasado mucho tiempo desde que tuve un novio. Ninguno de ellos ha sido como tú. Y no creo que haya salido con un hombre lobo. No soy muy buena en las citas». Probablemente era un poco tarde para advertirle sobre su historial de citas menos que estelar. Pero solo parecía justo.

«Puedo ser mucho más que tu novio», dijo Owen, sin inmutarse por su advertencia. «Quiero tenerte para siempre».

Su corazón dio un brinco, pero no estaba sorprendida. Todo entre ellos era tan intenso. Tal vez sería bueno probar cómo era estar con él sin tonterías de hombres lobo o secuestradores amenazándolos cada minuto.

Pero aun así Stasia tuvo que burlarse de él un poco.

«¿Así que tenemos sexo un par de veces y de repente soy tu pareja predestinada?», preguntó ella con una sonrisa. El peso de la última semana estaba desapareciendo y podía imaginar cómo sería *estar* sola con Owen.

Pero Owen se congeló donde estaba sentado, con los ojos muy abiertos. «¿Qué dijiste?», preguntó cuidadosamente.

Esa no era la reacción que ella esperaba. «¿No es eso lo que dicen todas esas historias? Eres un hombre lobo. La plata te lastima. Por supuesto que tienes una pareja predestinada. Pero yo no te pertenezco». Ella quería ser absolutamente clara en ese punto. «No importa lo que haya dicho en el calor del momento. No quiero ser ese tipo de mujercita. ¿Entendido?».

Owen asintió un poco conmocionado, y luego se

inclinó de nuevo y la besó, y esta vez fue incluso más apasionado que el beso anterior.

«Pareja predestinada. Me gusta cómo suena eso». Él sonrió.

Entraron, pero no llegaron muy lejos antes de que Owen la levantara y subiera las escaleras hasta su habitación, cerrando la puerta detrás de ellos.

31

CAPÍTULO TREINTA Y UNO

Durante algunas horas, la aprensión en Owen había estado creciendo. Stasia estaba durmiendo a salvo en el piso de arriba, pero él estaba haciendo una revisión final para asegurarse de que todas las puertas estuvieran cerradas con llave y que el sistema de seguridad estuviera activado. Era cerca de la medianoche y deseó que el equipo de seguridad aún estuviera afuera.

¿Era este el tipo de miedo que venía de amar a alguien? ¿Siempre iba a preocuparse de que alguien pudiera venir por su pareja?

¿O sería mejor una vez que estuviera convencido de que los secuestradores que la querían realmente habían sido eliminados?

Le preguntaría a Stasia si podía hablar con su padre y su hermano al día siguiente. Tal vez AR o Armand Selby podrían darle una idea de lo que estaba pasando. No iba a permitir que nadie volviera a buscar a Stasia.

El sistema de seguridad estaba activado, las puertas y ventanas estaban cerradas y no había mucho más que Owen pudiera hacer para asegurarse de que estuvieran a salvo. Consideró dar un paseo por el edificio para buscar a alguien sospechoso, pero decidió que era ir demasiado lejos.

No era tan paranoico... pero tal vez debería haber sido.

Escuchó algo golpear contra las ventanas gigantes de la biblioteca. Las puertas francesas podrían abrirse a un pequeño balcón y sería un excelente punto de entrada si alguien pudiera subir a este piso. Definitivamente no era imposible dadas las escaleras de incendios o suficiente equipo de escalada.

Fue a revisar, pero el sonido no parecía ser nada. Tal vez un pájaro o una ramita. Abrió sus sentidos, tratando de usar su lobo, pero aún nada.

Todo estaba bien. Stasia estaba a salvo. O tan segura como ella alguna vez podría estar.

Regresó al dormitorio y fue entonces cuando la escuchó gritar.

Owen corrió. ¿Quién la tenía? ¿Cómo se le había escapado algo?

Los gritos eran desgarradores. Sonaba como si la estuvieran apuñalando y Owen podía sentir sus garras y dientes afilándose mientras atravesaba la puerta, listo para enfrentarse a quienquiera que estuviera amenazando a su pareja.

Pero no había nadie más dentro del dormitorio.

Stasia yacía en la cama y se retorcía de un lado a otro,

con el cuerpo cubierto de sudor abundante y la boca soltando gritos de dolor.

Owen tuvo que respirar hondo para ocultar sus garras y sus dientes. Su pareja lo necesitaba para otra cosa. Este no era un enemigo con el que pudiera luchar.

Llegó al lado de la cama y no estaba seguro de si debía tocarla. Finalmente decidió al menos sentir si tenía fiebre. Ese era un primer paso. Su mano cubrió su frente y su piel estaba ardiendo.

Sus ojos se abrieron y eran del mismo amarillo que vio cuando su lobo se hacía presente.

Ella estaba cambiando. Había tomado a él y a los demás tres meses pasar del ritual a su primer cambio, pero ella solo había sido mordida hacía un día, tal vez treinta horas como máximo. Sabía que era información importante, algo que necesitaba saber, pero ahora no se sentía importante. Por el momento solo tenía que descubrir cómo mantenerla a salvo de esto.

Él y los demás habían cambiado rápidamente una vez que había comenzado. Había habido aullidos, pero no muchos gritos, y no este tipo de dolor.

¿Había algo mal?

¿Era esto algo que una persona no podría sobrevivir?

El miedo se apoderó de Owen y deseó tener a alguien a quien llamar, pero no iba a dejar sola a Stasia. Necesitaba a alguien que la ayudara a superar este cambio y completarlo y ese alguien era él.

Al menos ese era su plan hasta que escuchó romperse un cristal en otra habitación y la alarma de seguridad empezó a sonar.

Sus instintos habían sido correctos. Ella no estaba a salvo.

Todavía tenía su arma encima y su lobo dentro de él, pero ¿cómo podía dejar a Stasia?

Una segunda ventana se hizo añicos en otra habitación. Eso significaba más de un intruso. Probablemente más de dos. Si él no salía a defenderla, los intrusos podrían alcanzarla. Y ella estaba en un estado tan vulnerable que no podía defenderse.

No podía dejarla en esta habitación. No era fácilmente defendible. Y era el primer lugar que los intrusos revisarían. Además, no quería que ella se envolviera en las sábanas mientras luchaba contra el cambio. Él la levantó de la cama e hizo una mueca cuando ella dejó escapar un grito de dolor.

Ella estaría bien. Ella tenía que estarlo.

El baño principal solo tenía una pequeña ventana al exterior, por la que no podía pasar una persona. Significaba que estaba atrapada, pero tendrían que atravesarla para llegar a ella. La colocó en la bañera. No era seguro, pero no había obstrucciones allí y no tenía muchas otras opciones.

Owen le dio un beso en la frente y luego se dio la vuelta y se dirigió a luchar contra quienquiera que viniera por ella. No iba a mostrar piedad; no podían entrar en la casa de su pareja e intentar llevársela o lastimarla. Sería su último error.

Si bien su lobo no había sido de mucha ayuda durante su patrullaje por la casa, ahora estaba a punto del cambio y se sentía como si pudiera oírlo todo, olerlo todo, incluso verlo todo. Tuvo la tentación de cambiar completamente, pero necesitaba sus manos. Las garras y los dientes afilados tendrían que bastar.

Cerró la puerta del baño y esperó que aguantara el tiempo suficiente. Luego salió del dormitorio.

El primer atacante ya había llegado al pasillo fuera del dormitorio y Owen saltó sobre él sin dudarlo. El hombre no tenía un arma. Eso era bueno. Significaba que probablemente no estaba aquí para matar, sino solo para secuestrarla. Pero suponerlo, fue su error. Tenía una pistola eléctrica, y podría haber hecho lo suficiente para frenar a Owen si no hubiera saltado a tiempo sobre el tipo, pero lo hizo.

Y lo liquidó con dientes, garras y puñetazos. El hombre cayó y a Owen no le importó si estaba vivo o muerto. A juzgar por la cantidad de sangre, no tenía muchas esperanzas de sobrevivir.

Uno menos, ¿cuántos faltan?

Continuó por el pasillo y siguió sus oídos hasta el siguiente tipo. Este tenía una pistola paralizante y casi alcanza a Owen, pero fue demasiado rápido, y esta vez logró sacar su propia arma y disparara dos tiros, haciendo que el hombre cayera al suelo.

Dos abajo.

Todavía había más. Al menos cuatro si sus oídos no lo engañaban, y dudaba que lo hicieran. Seis personas para venir a secuestrar a Stasia. ¿Excesivo? Si eso es lo que pensaban, estaban gravemente equivocados.

Pero la arrogancia del lobo de Owen casi lo mata. Cargó

por el pasillo listo para enfrentarse al próximo atacante, pero los cuatro restantes no estaban solos. Estaban agrupados como una unidad sólida y, a juzgar por su equipo, eran más que capaces de enfrentarse a un solo hombre, incluso a un hombre tan bien entrenado como Owen.

Stasia volvió a gritar. Owen quería ir con ella. Ella necesitaba ayuda. Necesitaba a su pareja. No debería estar haciendo esto sola. Pero si acudía a ella, estaría condenada.

Revisó el cargador de su arma y se puso a cubierto, con la esperanza de poder hacer tiros certeros y eliminar a estos tipos.

Uno contra cuatro eran probabilidades terribles, especialmente porque vestía ropa de calle y solo tenía un cargador para su arma.

Pero tenía que ganar. Fue el único disparo.

Stasia volvió a gritar.

«¿Qué le pasa a ella?», preguntó una voz masculina, uno de los secuestradores.

«Será mejor que no hayamos pasado por todo este problema por una perra muerta», dijo otro.

Owen gruñó.

Y luego sintió algo en el fondo de su conciencia, una conciencia que solo sentía en las noches de luna llena. No era su lobo. Casi se sentía como si fuera otra persona. Otras dos personas.

La puerta principal se abrió de golpe y los cuatro atacantes gritaron cuando una lluvia de balas los golpeó. Fue lo suficientemente fuerte como para ahogar los gritos de Stasia. Andre y Vega entraron mientras los secuestradores se cubrían.

Andre encontró a Owen rápidamente. «Ve con ella. Nosotros nos encargamos».

«¿Cómo sabían que tenían que venir?», Owen no tenía tiempo para preguntar, pero tenía que saberlo.

«Gibson quería que cuidáramos tu espalda. Tenía un mal presentimiento sobre esto».

Gibson tenía razón. Owen no perdería más tiempo hablando. Subió corriendo las escaleras y fue al dormitorio y luego al baño. Stasia seguía gritando y su cuerpo parecía destrozado, atrapado entre una forma humana y algo más.

No sabía cómo iba a sobrevivir a esto, pero vendería su alma para asegurarse de que lo hiciera.

32
CAPÍTULO TREINTA Y DOS

El dolor estaba desgarrando a Stasia. Gritaba, pero su boca no emitía ningún sonido. Él renunciaría a cualquier cosa para que esto terminara. No sabía que era posible que una persona se sintiera así.

¿Estaba todavía viva? No podía doler tanto morir. ¿O estaba siendo enviada a algún tipo de condenación eterna donde estaba destinada a sentirse así por el resto de la eternidad?

Ella pensaba que nunca terminaría. El fuego la atravesaba y rodaba alrededor haciéndole imposible pensar.

Pero entre una respiración y la siguiente, lo hizo. Algo onduló sobre ella y su cuerpo se movió, sus extremidades encontraron una nueva forma, el pelaje creció de su piel y sus sentidos se agudizaron de una manera que nunca antes lo habían hecho.

Stasia respiró hondo y captó olores que no sabía que fueran posibles.

¿Eso era sangre?

Ese era un olor que ella reconoció, humano o de lobo. Y eso era lo que ella era ahora, un lobo. El mordisco se había apoderado de ella. Había cambiado.

No tuvo tiempo de pensar en ello antes de que la invadiera la necesidad de moverse. Saltó y se dio cuenta de que estaba sentada en su bañera y Owen estaba justo a su lado. Pero él era humano.

Ella dio un pequeño ladrido y vio como su rostro se iluminaba de alegría. Quería que él se moviera con ella y corriera, pero él solo le pasó los dedos por el cabello y dijo algo que no pudo entender del todo. Todos sus sentidos se disparaban a la vez y era difícil encontrarle sentido a *nada*.

Salió de la bañera, lo que tomó un poco de trabajo para averiguarlo, y luego se metió en su habitación, pero cuando trató de salir, Owen no la dejó. Ella le gruñó, exigiendo que se hiciera a un lado, pero él dijo algo de nuevo y no se movió.

Stasia corrió en círculos por la habitación y se mareó. La habitación parecía grande cuando compró la casa, pero seguía siendo grande para los estándares de Nueva York y apenas tenía espacio para moverse.

Pero el estallido de energía se consumió casi tan rápido como llegó y, después de solo unos minutos, Stasia se subió a la cama y se derrumbó en un montón de piel cansada.

Ella no sabía qué era el olor a sangre. No sabía por qué Owen estaba tan asustado. Pero estaba demasiado cansada para pensar en eso por mucho tiempo y el sueño la reclamó. Lo último que sintió fue a Owen pasando sus dedos por su pelaje.

Volvió a ser humana en algún momento en medio de la noche y se despertó en la cama, completamente desnuda, pero cubierta por sus sábanas. No vio a Owen por ninguna parte, pero podía oír a alguien moviéndose por la casa. Una mirada al reloj le indicaba que era temprano, muy temprano. El sol apenas se asomaba por las ventanas, definitivamente aún no había salido por completo, y los sonidos normales de la ciudad desde el exterior estaban silenciados, como solía ocurrir en las primeras horas de la mañana.

Stasia hizo un balance de su cuerpo. Ella era un lobo. Recordó el dolor de la noche anterior y el cambio, pero faltaba algo. Su mente había estado tan concentrada en lo que le estaba pasando, pero podía sentir un vacío, algo que no entendía. Algo que tenía que ver con este olor a sangre que impregnaba su casa.

Estiró los músculos y trató de decidir si se sentía muy diferente. Había una conciencia en el fondo de su mente. ¿Su lobo? ¿La manada? Tal vez.

Pero todavía se sentía como ella misma. No se sentía como alguien que estaba destinado a convertirse en un monstruo delirante y arrasar la ciudad en busca de sangre fresca. Se sentía como Stasia Nichols, médica y mujer lobo.

¿Médica de hombres lobo?

Tal vez eso también. Pero estaba bastante segura de que todos le darían al menos un día para pensarlo.

Stasia se vistió y bajó las escaleras. La primera señal

de problemas fue la sangre en las paredes. Y luego estaba el cristal roto.

¿Había hecho esto? No recordaba haberse movido. Recordó a Owen bloqueando la puerta después de que ella cambiara. ¿Había arrasado por la casa antes de que se produjera el cambio?

Pero unos pasos más mostraron más sangre y definitivamente no era de ella. Si hubiera perdido tanta sangre, lo habría sabido.

Había una corriente de aire bajando por el pasillo y dio unos pasos hacia la oficina antes de que Owen se interpusiera en su camino.

«Vamos. Tenemos algunas decisiones que tomar».

«¿Decisiones?». No le agradó cómo sonaba eso. Quería saber qué había pasado. Pero Owen iba a decírselo y ella solo tenía que seguirlo por ahora.

Se sorprendió al ver a Vega y Andre sentados en la mesa de su cocina comiendo su comida. Y de repente se sintió hambrienta. Antes de que Owen pudiera decir algo, fue al refrigerador y buscó algo que pudiera meterse en la boca. Tres palitos de queso, genial. Suficientemente bueno. Apenas le quitaría el hambre, pero al menos era algo.

«Prepárale algo de comida, chico», le dijo Andre a Vega.

El joven hombre lobo se puso de pie de un salto sin replicar y comenzó a hurgar en su despensa con una familiaridad casi desconcertante.

Stasia dejó los envoltorios de palitos de queso y miró a los otros dos hombres. «¿Alguien quiere decirme qué está pasando? Además de convertirme en una mujer lobo».

Antes de que cualquiera pudiera responder, escuchó un gemido de dolor en la otra habitación.

Giró la cabeza y miró a través de la puerta y vio una forma atada sentada contra la pared. No estaba solo.

«Será mejor que alguien empiece a hablar».

«Fuimos atacados anoche», dijo Owen. «Seis hombres vinieron por ti. Armados con pistolas paralizantes. Gibson envió a Vega y a Andre para cubrirnos y luchamos contra ellos. Están atados allí. Pensé que querrías decidir qué hacer con ellos».

Seis hombres. Su padre había dicho que se suponía que estaba a salvo. Su hermano había dicho que se suponía que estaba a salvo. Se suponía que ella estaba a salvo. Entonces, ¿cómo habían entrado seis hombres en su casa, causando muchos daños y casi matándola, todo sin la protección que se suponía que su padre y su hermano debían brindarle?

¿AR le había mentido? ¿La había usado como cebo? ¿O simplemente se había equivocado?

Era solo un poco después de las cinco de la mañana y era demasiado temprano para estar al día con estas preguntas, pero no podía ignorarlas.

Owen le pasó el brazo por los hombros y ella se apoyó en su fuerza. Un momento después, Vega colocó un gran plato de huevos frente a ella.

Su estómago gruñó de nuevo, y antes de que pudiera tomar una decisión necesitaba comer.

Ella comió. No pasó mucho tiempo. Y luego Vega sentó más comida frente a ella y comió un poco más.

Apartó el segundo plato de huevos una vez que terminó. «¿Así será mi nuevo apetito?». Le gustaba la comida, pero en cantidad normal. Ni media docena de huevos de una vez. ¿Era solo la mitad? Tenía la sensación de que Vega había hecho aún más.

«Tu cuerpo quemó muchas calorías anoche», dijo Andre. «Cuando cambiamos, todos comemos como cerdos durante aproximadamente una semana, pero finalmente se normaliza. Tendrás que comer mucho. De tres a cinco mil calorías por día más o menos. Pero no tanto como para que parezca descabellado. No estamos hablando de la ingesta de un atleta olímpico».

Ahora, probablemente era el doble de lo que normalmente comía, pero Stasia se ocuparía de eso cuando llegara el momento. Vega colocó más comida frente a ella y comió de nuevo.

Pero finalmente, una vez que digirió la docena de huevos junto con un par de tostadas y, afortunadamente, alrededor de un galón de café, pudo comenzar a pensar en los hombres que la habían atacado y en lo que había que hacer.

«Mi hermano», decidió. La policía era inútil. Y hacían preguntas que Stasia no quería responder. Además, si estos hombres hubieran sido contratados por alguien con poder, estarían de vuelta en la calle en poco tiempo. AR se aseguraría de que los hombres tuvieran que pagar por lo que habían hecho.

Se sentía más vengativo de lo que normalmente era y

se preguntó si eso era parte de ser un hombre lobo, pero tal vez solo era parte de ser Selby.

«¿Estás segura?», preguntó Owen. «¿Estás segura de que puedes confiar en tu familia?».

«Confío lo suficiente en ellos», dijo. Era una relación demasiado complicada para dejarla en manos de la simple confianza. ¿AR la vendería por la oportunidad correcta? Probablemente. ¿La arruinaría si fuera necesario? Absolutamente. ¿Haría algo que la mataría? Probablemente no. ¿Y haría que alguien pagara si la lastimaban? Sí.

«¿Pueden darnos un minuto?», Owen preguntó a los otros chicos, y ambos se fueron.

Aguantó varios segundos, probablemente esperando hasta que estuvieran lo suficientemente lejos para no escuchar lo que estaba a punto de decir.

«¿Qué pasa?», preguntó Stasia. Owen parecía preocupado y a ella no le gustó esa mirada en su rostro.

«Hay algo que no te he dicho. Que no le he dicho a nadie». Apenas hablaba por encima de un susurro y seguía mirando hacia la entrada de la cocina como si esperara que Vega o Andre entraran en cualquier momento.

«Pensé que habíamos dicho que no habría más secretos». Stasia se habría enfadado, pero él se lo estaba diciendo ahora y, al parecer, era un gran problema.

«No es eso», prometió. «O tal vez lo sea. Solo necesitaba tiempo para pensarlo. Uno de los hombres que trabajaba en tu equipo de seguridad, creo que estuvo allí la noche en que se realizó el ritual en todos nosotros. No estoy absolutamente seguro, pero los rostros de esos hombres están grabados a fuego en mi memoria. Podría ser una coincidencia. Podría haber sido solo un trabajo simple y tu familia no lo sabe. Pero antes de que les entregues a alguien, quiero que lo entiendas».

Entonces, su padre podría haber contratado a un hombre que estaba participando en rituales ocultos y secuestrando oficiales militares de la base militar estadounidense en Alemania. Sonaba posible. ¿Pero eso significaba que su padre tenía algo que ver con eso?

«Mi familia es muy...». No sabía cómo explicarlo. «Mi papá no cree en la magia. Mi hermano tampoco. No digo que este tipo no estuviera allí. Pero me cuesta creer que tenga algo que ver con lo que te pasó a ti y a tu gente. Pero definitivamente, necesitamos avisarle a Gibson».

Owen asintió en silencio. «¿Y qué hacemos con los hombres de ahí?».

«Se los entregaremos a mi padre. Él se encargará de ellos».

«Sabes lo que significa encargarse de ellos, ¿no?».

Había una parte viciosa en ella que quería sonreír, pero Stasia se contuvo. Había tomado su decisión, no había necesidad de regodearse. «Absolutamente que lo sé. Tal vez deberían haberlo pensado dos veces antes de atacarme».

33
CAPÍTULO TREINTA Y TRES

GIBSON NO SE ENCONTRABA EN LA CIUDAD. OWEN ESTABA UN poco contento por eso. Significaba que podía llevar a Stasia a la granja y mostrarle por dónde correrían como lobos cuando quisieran.

Al equipo de hombres del padre de Stasia, le tomó un poco de tiempo conseguir recoger a los posibles secuestradores, pero una vez que se los llevaron, él y Stasia partieron hacia Pensilvania.

Stasia parecía llena de energía nerviosa y Owen trató de recordar el día después de su primer cambio. El mundo entero parecía nuevo y diferente, lleno de oportunidades que nunca había esperado.

Se estiró y entrelazó sus manos y le dio un apretón en la mano. No tenía palabras tranquilizadoras para decirle. No podía mencionar que todo estaría bien mientras estuvieran juntos, incluso si lo creyera. El mundo estaba cambiando a su alrededor. Ellos estaban cambiando. Pero tal vez eso estaba bien.

«¿Crees que se va a enojar?», preguntó Stasia, dando con un pensamiento que Owen había estado evitando por un tiempo.

«Él no es del tipo que se enoja. Se decepciona». Gibson no era tan bueno actuando decepcionado como la madre de Owen, pero el hombre era bastante bueno. Y pensando en su madre, Owen se preguntó si debería estar preparándose para presentarle a Stasia. Se guardó ese pensamiento para sí mismo. Ellos se ocuparían de eso más tarde.

Terminaron en la granja después de un viaje de aproximadamente dos horas. El coche de Gibson estaba estacionado en el garaje. No había nadie más allí, y Owen se alegró por eso.

No quería ver las miradas de enojo en los rostros de sus compañeros de manada cuando descubrieran que les había ocultado esta información. ¿Pero lo había hecho realmente? ¿Qué podría haber dicho? ¿Sabía lo que eran algunos de sus secuestradores? Era posible que todos los demás supieran lo mismo. Ahora solo tenía más información.

«Te respaldaré si quieres huir», ofreció Stasia con una sonrisa amable.

«Te amo». Las palabras salieron sin pensar, pero eran reales, verdaderas. Ella estaba aquí con él incluso después de pasar por una de las experiencias más traumáticas por las que una persona podía pasar. Una para la que no tenían absolutamente ninguna preparación. Y, sin embargo, ella lo estaba consolando.

Stasia sonrió y levantó las manos entrelazadas para besarle el dorso de la mano. «Hagamos esto».

Estaba bien que ella no lo dijera de vuelta. Todavía era nuevo. Demasiado nuevo. Antes, la gente había llamado a Owen impulsivo, pero esto lo era, incluso para él mismo. No le importaba. Sabía que Stasia era la indicada para él y no había motivo para ignorarlo.

Además, ella ya se había llamado a sí misma su pareja. Eso tenía que significar algo.

Se dirigieron al interior de la cabaña y Owen encontró a Gibson en su oficina. No se sorprendió al ver a Owen y Stasia; él sabía que venían.

«Tienes buen aspecto», le dijo a Stasia, mirándola de arriba abajo como si comprobara si alguno de sus rasgos de hombre lobo se asomara a través de su piel humana. Gibson sabía cómo funcionaba, al menos tan bien como el resto de ellos, pero Stasia era la primera nueva incorporación a su manada, la primera añadida a través de un mordisco y no a través de un ritual. Tendrían que ver si eso cambiaba las cosas.

«Estoy bien», asintió Stasia. «No he descansado bien, pero no es probable que pierda el control de mi lobo y aterrorice a la ciudad».

Gibson se rió. «Si quieres correr, puedes hacerlo. Tenemos mucho terreno aquí y los vecinos no son entrometidos».

Era muy cierto, y Owen esperaba con ansias el día en que pudiera salir a correr en su otra piel con Stasia a su lado. ¿Querría ella ir hoy? Supuso que todo dependía de qué tan bien reaccionaría Gibson a lo que estaba a punto de decir.

«No vinimos aquí por el cambio de forma de Stasia», dijo Owen mientras tomaba asiento. Stasia se sentó en la silla junto a él.

«¿En serio?», preguntó Gibson. «¿Entonces, porque están aquí?»,

No tenía sentido perder el tiempo. «Se trata de lo que pasó en Alemania».

Gibson parecía confundido. «Sé lo que pasó en Alemania. Estuve allí. A menos que me hayas estado ocultando algo».

Owen hizo una mueca. Él *había* estado aguantando. «Recuerdo las caras de algunos de los hombres que nos secuestraron. O al menos de los que nos retuvieron antes de que comenzara el ritual. Y hace unos días, estoy casi seguro de que vi a uno de ellos trabajando en el destacamento de seguridad que el hermano de Stasia contrató para mantenerla a salvo. Su nombre es Russ Hill y vi los archivos personales de todo el equipo de seguridad, pero no se mencionaba una estadía en Alemania. Se suponía que sólo era seguridad regular. Pero creo que estaba allí». Cuanto más hablaba Owen, más seguro se sentía del asunto.

Russ Hill había estado allí esa noche en el Bosque Negro. Había estado sosteniendo un arma y se había mantenido de pie en la periferia, decidido a mantener a Owen y a los miembros de su manada en el círculo mágico. No sabía cómo Hill había llegado allí o si sabía sobre hombres lobo y magia, pero era la primera pista real que tenían sobre las personas que los habían lastimado.

Gibson no parecía sorprendido. Ni siquiera pareció sorprendido. «Russ Hill», dijo, como si estuviera probando las sílabas. «No puedo decir que haya oído hablar de él. ¿Todavía tienes el archivo personal?».

Owen sacó su teléfono y mostró la información antes de compartirla al correo electrónico de Gibson. Este lo abrió en su computadora y echó un vistazo. Había una foto personal de Hill que había sido tomada por el Grupo Selby, así como una foto que podría haber sido de las redes sociales. No sonreía y vestía un traje de apariencia genérica. Podría haber sido cualquiera. Con sólo mirar la foto, Owen no lo habría reconocido. Pero cuando lo vio en persona, lo supo.

«¿Este es el tipo?», preguntó Gibson.

«No parece gran cosa, pero estaba allí». La sensación del fuego de antorcha le hizo cosquillas en la nariz a Owen cuando un flashback amenazó con atraerlo. Stasia alargó la mano y lo tomó de la mano, anclándolo en el presente.

«No eres el único que reconoció a alguien esa noche», admitió Gibson. «Y todavía tengo algunos amigos en Alemania que podrían investigar algunas cosas. Creo que hemos esperado el tiempo suficiente para descubrir qué nos sucedió. Estamos saludables ahora y nuestra manada está creciendo. Necesitamos saber quiénes somos, qué somos. No podemos quedarnos sentados y vivir con esto por más tiempo. Esto va a cambiar las cosas. Podríamos estar pateando un avispero, ¿estás listo?». Gibson no miró a Owen cuando preguntó, más bien la pregunta iba dirigida para Stasia. Ella era el miembro más nuevo de su manada, y su vida era la que más alterada estaba en este momento.

Pero Stasia sonrió. «Supongo que eso hará que mi vida como su médica sea más interesante».

<h1 style="text-align:center">34
CAPÍTULO TREINTA Y
CUATRO</h1>

La noticia que Owen había informado a Gibson no enloqueció al mundo. De hecho, las cosas comenzaron a calmarse en las dos semanas siguientes. No había habido más intentos de secuestrar a Stasia y ella y Owen se asentaron en algo nuevo y cómodo.

Y maravilloso.

Las cosas de él habían comenzado a migrar a su casa. Lentamente al principio, y luego de repente se dio cuenta de que él se había apoderado de la mitad de su armario. Eventualmente, Stasia le preguntó cuándo podía esperar un cheque de alquiler, pero Owen solo se rió y se ofreció a pagar con favores sexuales.

Era tranquilo, divertido y liberador.

Estaba entrometiéndose en su vida como hombre lobo y ya tenía planes para comenzar a investigar los límites de lo que eso significaba para su manada. Ahora era su médica y, aunque no se metían en líos que requerían atención de cuidados de salud todas las semanas, tenía más habilidades que simplemente coser heridas.

Ella y Em pudieron hacer una cena final antes de que su hermana se fuera para su gira, y Em solo había pasado la mitad de esa noche acosándola con preguntas sobre la licantropía. La otra mitad de la noche la había pasado quejándose de problemas con su propio equipo de seguridad y Stasia tenía la idea de que Em terminaría pidiéndole a uno de la manada que la ayudara antes de que terminara el recorrido.

Y finalmente fue la fiesta de cumpleaños de la pequeña Emmy. Stasia había dado tantas excusas como pudo, pero su familia era persistente y era la oportunidad perfecta para mostrar a todos su pareja.

Sólo esperaba que AR no le restregara en la cara que él era técnicamente la razón por la que ella y Owen se habían conocido. Eso sería completamente insufrible.

«¿Estás segura de que no se van a comportar raros?», preguntó Owen mientras acomodaba su auto en el estacionamiento privado del edificio de su padre.

Stasia hizo una mueca. «Sí, van a ser raros. Siempre son raros. Pero eres un hombre lobo. Puedes manejar lo raro». Ella se acercó y le dio un beso en la mejilla. «Y si te portas bien, haré que valga la pena».

«¿En serio? ¿Cómo?». Sus ojos cambiaron a ese amarillo lobuno con el que se estaba familiarizando antes de volver rápidamente a su marrón humano. Owen estaba trabajando duro para controlar a su lobo, y estaba mejorando en eso. Decía que ahora que su lobo había reclamado a su pareja, estaba feliz de cooperar y dejar que la humana tomara la mayoría de las decisiones.

«Estaba pensando que podríamos ir a correr más tarde».

«Es como si leyeras mi mente». Stasia no se refería al tipo de carrera humana. No, esta sería el tipo de carrera que se realizaba sobre cuatro patas. Pero primero tenían que superar el desafío familiar.

Primero se encontraron con Heidi, de trece años, y con Ally, de quince, las dos chicas jugaban algún tipo de juego cerca de la entrada del penthouse. Tabitha, la hermana más cercana a ella en edad, estaba en la cocina bebiendo vino con AR y con Ethan, su hermano de veintidós años. Thomas no estaba allí, ya que estaba en la universidad en Europa y aparentemente esa era una buena excusa para evadir la fiesta. Tampoco Selby, la otra hermana mayor que Stasia. Pero Selby no asistía a eventos familiares, siendo la hija de un amor no tan secreto de su padre.

Podía ver a Owen pronunciando nombres mientras se reunía con todos, y tenía la sensación de que había estado estudiando.

Riley y su hija Emmy estaban sentadas con el padre de Stasia en la sala de estar, rodeadas de lo que debían ser cientos de regalos. La niña de cuatro años parecía a punto de empezar a llorar. Riley tenía una mirada perdida en sus ojos que la hacía parecer mayor de sus veintitrés años, y Armand Selby era la viva imagen de un padre cariñoso.

Stasia ya había visto esa mirada en los ojos de su otra madrastra. El divorcio estaba a la vuelta de la esquina. Solo esperaba que Riley pudiera pagar un buen abogado.

Stasia agarró la mano de Owen con fuerza y le presentó a su padre y a Riley, y estaba de tan buen humor que incluso le dio un abrazo a la bebé Emmy.

Había mucho para beber y suficiente comida para alimentar a un ejército. Toda la fiesta fue miserable, aunque mejoró cuando algunos niños del preescolar de Emmy aparecieron con sus madres a cuestas.

«¿Quién es él?», Tabitha le preguntó cuándo Stasia y Owen regresaron a la cocina para esconderse junto a la comida y las bebidas.

No le gustaba el tono de voz de su hermana. Ella y Tabitha nunca se habían llevado bien. Su padre había dejado a la madre de Stasia por la madre de Tabitha y Stasia aún no sabía que eso era precisamente lo que había hecho Armand Selby. Pero cuando se dio cuenta, el resentimiento ya estaba presente y ella y Tabitha nunca habían sido cercanas.

«Músculo puro de la mafia, ¿qué te parece?». Cualquier otra persona y Stasia probablemente habrían tenido una conversación normal. O tan normal como cualquier conversación con cualquiera de sus hermanos que no fuera ella.

«No sigues teniendo problemas, ¿verdad?», AR se acercó a ellos y estrechó la mano de Owen. «Pensé que el contrato había terminado».

«Estamos saliendo ahora», le dijo Stasia a sus hermanos.

«¿Y lo trajiste aquí? Debe ser serio». Eso venía de Tabitha.

«Así es. Y creo que hemos cumplido con nuestro deber. Owen y yo nos vamos a cortar».

«A papá no le gustará eso», advirtió Tabitha. A su lado, AR asentía con la cabeza.

A papá no le gusta nada. Y ni siquiera se va a dar cuenta. Ella había dicho hola, había cumplido con su deber. No había nada más de qué preocuparse.

Tabita se encogió de hombros. «Nos vemos en la boda».

«¿Qué boda?». ¿Stasia se había perdido algo?

Eso realmente hizo reír a Tabitha. «Tuya. Obviamente».

Los ojos de Stasia se abrieron como platos y no supo cómo reaccionar ante eso.

Mujer lobo, ella podía manejarlo.

Pareja, ella podía manejarlo.

¿Boda? Eso era un poco exagerado.

Owen le puso una mano en la espalda y la condujo fuera del penthouse. Hicieron todo el camino hasta el ascensor antes de que se echara a reír.

«¿Qué?».

«No fue tan malo como pensé que sería». Lo soltó entre ataques de risa.

«Fue peor, ¿verdad?». Tenía que ser peor. Stasia sintió que necesitaba ducharse solo para quitarse la incomodidad de encima.

«Sobrevivimos».

El ascensor pasaba los pisos mientras se dirigían al

estacionamiento, y justo cuando estaban a punto de llegar al último piso, Stasia rodeó a Owen con un brazo y se inclinó hacia él. «Te amo».

Owen sonrió y la besó.

35
CAPÍTULO TREINTA Y CINCO

Corrieron como lobos durante horas. No era la primera carrera de Stasia, pero cada vez que sus patas pisaban el suave suelo del bosque, se sentía nueva. Los olores se arremolinaban a su alrededor y la noche estaba llena de posibilidades.

Owen corría y ella lo perseguía. Y luego, cuando ella lo alcanzaba, él era el que la perseguía, aullaba y se abalanzaba sobre ella, decidido a ganar en un juego sin reglas y sin perdedores. Pero eventualmente la carrera tenía que llegar a su fin. Había una dulce tentación que la incitaba a quedarse en cuatro patas y olvidarse de su antigua vida.

Pero esa tentación era débil comparada con la idea de despertar junto a Owen en piel humana.

Regresaron a la cabaña y pasaron por el proceso de cambiarse, lavarse y comer. El estado lupino provocaba quemar muchas calorías, y Stasia estaba comiendo más de lo que había comido en su vida. Sin embargo, todavía sentía que podía comer más.

La vida como mujer lobo tenía sus ventajas.

Tenía grandes planes para su pareja después de su aparición en la fiesta de cumpleaños de Emmy, pero con el atropello y el estómago lleno, todo lo que quería hacer era acurrucarse y dormir durante una semana. Y a juzgar por la forma en que los ojos de Owen estaban caídos, él sentía lo mismo.

Terminaron acurrucados juntos en una de las camas de la habitación que estaban usando. Estaban apretados, pero Stasia no dormiría separada de su hombre si no fuera necesario.

«Me divertí», murmuró mientras se tambaleaba entre la vigilia y el sueño.

«No estuvo tan mal», acordó Owen.

«Espera. ¿Qué? ¿Qué no estuvo tan mal?». Todavía podía oler toques del aire verde de la noche y su cuerpo zumbaba con la excitación saciada de correr como un lobo. No había *nada* malo en ello.

«La fiesta». Owen se giró un poco, acercándola más. «Tu familia estuvo agradable».

«¿Agradable?». Claramente estaba delirando. «Fueron educados, supongo. Todavía no veo por qué necesitábamos estar allí». ¿Eso la convertía en una mala hermana? Quizás. Pero estaba bastante segura de que la pequeña Emmy no tenía idea de quién era ella.

«Son familia». Owen lo decía como si así explicara todo. «No puedo esperar a que conozcas a la mía».

«¿Qué? ¿Cuándo?». Sí, eso era algo que hacían las

parejas. Stasia lo sabía. Pero no era algo que Owen pudiera *soltar* así. «¿Cuándo, Owen?», preguntó de nuevo cuando él no respondió. Pero se había quedado dormido y ninguno de sus empujones pudo despertarlo.

Afortunadamente, el propio agotamiento de Stasia era demasiado fuerte para que su pánico momentáneo lo anulara, y pronto siguió a su compañero en el sueño.

Besos bajando por su estómago la despertaron y Stasia se estiró para recibir las caricias de Owen. Su pareja sabía *exactamente* cómo despertarla y le encantaba. Nunca había estado más saciada, más en sintonía con otra persona. No sabía cómo había sido bendecida con Owen, pero no iba a darlo por sentado.

Jamás.

Ella se arqueó cuando su lengua encontró su núcleo y se adentró, despertándola al placer y dejando que sus neuronas explotaran con él. Ella gimió y dijo palabras que probablemente querría retirar en algún momento, sucias promesas que nunca podría pagar.

O tal vez lo haría. Con Owen, las posibilidades eran infinitas.

Dejó escapar una maldición cuando su pareja hizo algo particularmente perverso que provocó que sus ojos se pusieran en blanco. «Dios, sí». Necesitaba que él nunca se detuviera, nunca.

Las sensaciones la invadieron y Stasia se rindió a ellas. En algún otro momento podría haberse sentido cohibida por sentir tanto, pero Owen le daba la libertad de experimentar todo sin vergüenza.

Sabía lo que ella quería y quería dárselo. Quería que

se retorciera encima de él o debajo de él o a su lado. Cualquier posición siempre y cuando fueran los dos. Él era su compañero en todos los sentidos, su pareja.

¿Ella creía en el destino?

Stasia no podía concentrarse en creer en nada más que en la lengua de Owen en este momento, pero por la intensidad de lo que estaba sintiendo, era imposible creer que esto no fuera algo predeterminado. No podría ser posible sentir tanto, amar tanto, necesitar tanto sin algún poder cósmico moviendo los hilos en alguna parte.

O tal vez sólo era un sueño fantasioso. Mientras otra ola de placer la invadía, Stasia no pudo obligarse a aferrarse a ningún pensamiento.

Y luego Owen se apartó de ella y ella quiso gritar en protesta. ¿Qué creía que estaba haciendo? Lo necesitaba.

«Ahora». Eso era todo lo que podía decir.

Pero Owen sabía a lo que se refería y se dirigió hasta su entrada, abriéndose camino y llenándola tal como había nacido para hacerlo.

Ella extendió la mano y agarró la de él, uniendo sus dedos mientras él se hundía dentro de ella, sus cuerpos se movían juntos como uno solo.

Los ojos de Owen cambiaron a ese amarillo lobuno y, aunque Stasia no podía sentir nada, estaba segura de que sus propios ojos coincidían con los de él. Le dolían los dientes y su lobo estaba saliendo a la superficie, no lo suficiente como para cambiar, no sin su control, pero haciéndola más.

Owen le descubrió el cuello y Stasia respingó,

mordiéndolo justo donde él la había marcado, reclamándolo como su pareja a la manera de los lobos.

Era lo más natural del mundo mantenerlo así, para que pudieran correrse juntos.

Algo se instaló en lo profundo de ella, una conciencia de que Owen iba más allá de lo espiritual. Pareja. Amante. Protector. Él era todas esas cosas para ella y más.

Para siempre.

Se corrió con un grito ahogado cuando Owen se vació en ella, la certeza de su conexión se hizo realidad. No tuvo tiempo de recuperar el aliento cuando él capturó su boca en un beso abrasador.

Era abrumador y perfecto y quería capturar este momento para siempre.

Se calmaron después de unos besos febriles más, pero no podían dejar de tocarse.

«¿Qué crees que deberíamos hacer mañana?», preguntó Owen mientras hacía círculos en su tierna piel.

Stasia sonrió. «Más de esto. Sólo nosotros dos».

Owen se rió entre dientes. «Alguien nos buscará en algún momento».

«Mientras estemos juntos, soy feliz». Y ella lo era. Tal vez por primera vez en su vida era realmente feliz, y mientras tuviera a Owen, eso no cambiaría.

———

¡GRACIAS POR LEER TEMPORADA DE CAZA!

Te agradeceré tomarte el tiempo para dejar un comentario.

QUÉ LEER A CONTINUACIÓN

El Atraco al Alfa

El alfa mantiene lo que es suyo...

Nadie roba a Luke Torres. Su fortaleza es legendaria y su manada de leones es mortífera, lista para enfrentarse a cualquier amenaza. Cuando Luke conoce a Mel, ella lo deja impresionado con un beso abrasador, pero cuando se vuelven a encontrar, son captor y cautiva en un enfrentamiento mortal de gato contra gato.

La ladrona está a la altura...

Desde el momento en que Mel acepta el encargo, sabe que podría ser imposible. Pero para la principal ladrona del mundo sobrenatural, hace que lo imposible sea un reto irresistible. Especialmente cuando el pago por este trabajo la acercará a la venganza. Cuando la labor se va a la mierda, se encuentra en la boca del lobo y se enfrenta al hombre más seductor que jamás haya conocido.

Un alfa, una ladrona y una aventura de toda una vida.

TAMBIÉN DE KATE RUDOLPH

DE LA SERIE: ROBO AL ALFA

- El Atraco al Alfa
- Enredado con la Ladrona
- En la Cama del Alfa

APAREADO CON UNA ALIENÍGENA

- Ruwen
- Tyral
- Stoan
- Ciborg
- Krayter
- Kayleb

PROTEGIDA POR UN CAMBIAFORMAS

- Temporada de Caza

ACERCA DE KATE RUDOLPH

Kate Rudolph es una exparticipante del Derby que vive en Indiana. Le encanta escribir sobre heroínas duras y los héroes apasionados que las aman. Ha estado devorando novelas románticas desde que era demasiado joven y tenía que esconder sus libros para que nadie se los llevara. No podría imaginar un mejor trabajo en este mundo que escribir romances y compartirlos con sus compañeros lectores.

Si disfrutaste de esta historia, por favor considera dejar un comentario.